U0120185

MARTIN
PAGE

Comment je suis devenu stupide

〔法〕马丁·帕日 著

和又和 译

我就是这样变笨的

贵州出版集团
贵州人民出版社

本书中幽默风趣的语言和言之凿凿的观点令人难以抗拒，也令人着迷。最重要的是，淳朴诙谐的文字让人印象深刻。作者在遣词造句方面拥有这样的智慧，真是一件幸事！

——法国文化周刊《电视全览》（*Télérama*）

作者讽刺了我们这个自称合理的世界，他既掌握了自身独特的写作风格，又精通一种暧昧的幽默。这是一部杰作！

——《世界报·读书专刊》（*Le Monde des livres*）

亲爱的马丁·帕日……让我们彼此靠近的是文学，一种真正的文学：不把幽默当作失败，也不把讽刺当作堕落。我们多久没有像您一样敏感、感动和有趣了。

——法国杂志《她》（*Elle*）

马丁·帕日以一本大师级的著作重回巅峰。幽默、敏感、想象力、沉思……这本小说是一个奇迹。

——法国杂志《不羁少女》（*Muteen*）

成功之作……如同伏尔泰《老实人》一样的故事。

——法国杂志《正发生》（*L'Événement*）

一场追寻幸福快乐的疯狂之旅。生动又残酷，充满了创意巧思。

——《费加罗文学报》（*Le Figaro Littéraire*）

这本书只有一个缺点：书名中的"变笨"具有误导性。因为读完本书，你会感觉自己比以前聪明多了。

——法国文娱杂志《看这里》（*Voici*）

一部令人耳目一新的小说……与作者同时代的年轻人都在梦想着创业和炒股，他却选择把玩悖论，拒绝那些认证标准。非常棒的作品。

——法国知名时尚杂志《费加罗夫人》（*madame FIGARO*）

一部温柔的哲学小说，读起来像在看一个传说，或者是一场带有鲍里斯·维昂气质的白日梦。

——《自由比利时报》（*La Libre Belgique*）

他羡慕他们一无所知。

——《亚瑟·萨维尔勋爵的罪行》，奥斯卡·王尔德

Ob-la-di, Ob-la-da, 生活还要继续, 兄弟。

——《生活还在继续》(*Ob-La-Di, Ob-La-Da*), 披头士乐队

在安托万看来，自己的心理年龄远大于生理年龄。七岁的时候，他觉得自己像四十九岁的人一样疲乏不堪。到了十一岁时，他又有一种七十七岁老头子的幻灭感。今天，安托万二十五岁，他希望能过上惬意一点的生活，他下定决心要把愚蠢当作裹尸布掩盖住自己的大脑。他常常注意到，智慧只是那些句型精巧、发音漂亮的蠢话的代名词。它会让人误入歧途，以至于比起信誓旦旦的知识分子，当个傻瓜反倒往往更占优势。当智慧的伪装让纸媒变得不朽，使那些相信自己所读内容的人感到钦佩的同时，智慧也造就了不幸、孤独以及贫穷。

水壶开始发出有气无力的响声。安托万把沸水倒进一个蓝色的水杯里，杯子上装饰着一轮月亮，四周围绕着两朵红色玫瑰。茶叶打着旋舒展开来，色泽扩散，香气弥漫，热气升腾着混入空气中。安托万坐在办公桌前，面对着他杂乱的单人公寓里唯一的那扇窗户。

他曾整晚都扑在写作上。在一个大的笔记本上，经过好一阵摸索，又打了几页草稿之后，他的宣言终于成形了。在此之前，有好几周他都在绞尽脑汁寻找出路，找一些令人信服的托词。可他最后不得不承认这个恐怖的真相：是他的思想造就了他的不幸。七月的这个夜晚，安托万因此注意到这些足以解释他放弃思索的理由。万一他没有从这次冒险经历中顺利脱身，那这个笔记本就是他计划的见证者。但毫无疑问，这是让他信服自己的方法行之有效的一种手段，因为这些辩解的纸页上已经有了理性证明的注解。

一只知更鸟用鸟喙敲打窗户玻璃。安托万的视线从笔记本上抬起，仿佛回应一般，用钢笔敲了敲桌子。他喝了一小口茶，坐在椅子上伸了个懒腰，用手捋了捋有点发油的头发，想着该去街角的冠军商店偷点洗发水了。安托万不觉得自己是小偷，他可没有那么轻盈的身手去做贼，他只是取一点他需要的东西：一点被小心翼翼地挤在一个小糖果盒子里的洗发水。用相同的方法，他搞到了牙膏、肥皂、剃须泡沫、葡萄籽、樱桃，将其据为己有，每天就这样游荡在大的商店和超市里"觅食"。同样地，由于没有足够的钱买他想要的书，在侦察过保安的警惕性以及 FNAC 商店报警门的灵敏度之后，他像个地下出版商一样，把书一页页地偷出来，然后回到家重新组装。每一页书都是通过犯罪得来的，这比起和其他书页粘在一起又同时丢失的命运而言，它获得了一种更大的象征价值。它从书中分离，被人偷走，经过耐心装订之后，变得神圣起来。这样一来，安托万的图书馆便藏有二十来本书，本本都是他珍贵的私人编订版本。

天刚蒙蒙亮，一夜无眠让他精疲力竭，他正准备给自己的宣言做个总结。用牙咬着钢笔头，略微迟疑了一下，他开始动笔，同时头贴近笔记本，舌头舔了舔唇边。

　　没有什么比英雄故事更让我恼火了，在这些故事的最后，英雄因为战胜了什么东西而重新回到起点。他会冒一些风险，经历一些磨难，但最终总能顺利脱困。我不想身陷这样的谎言中：假装并不知道这一切的结局。我打心眼儿里清楚，这场愚蠢的旅程将变成对智慧的颂歌。这将成为我自己小小的奥德修斯之旅，在经历过千难万险之后，最终返回伊萨卡岛。我已经闻到了茴香烈酒和葡萄叶包饭的香气。这是多么虚伪啊，在故事的一开始就知道英雄最终会脱身，甚至会在重重考验中成长起来，却对此不发一言。一个看似自然、实则人为搭建的结局会宣告这样的教训："思考是好事，但还是得享受生活。"无论我们说什么、做什么，在我们人格的草地上，总有一种道德在啃噬着。

今天是七月十九号，星期三，太阳终于升起来了。作为对这次冒险的总结，我想说的是电影《全金属外壳》[1] 里小丑所说的那句话："我身处狗屎一般的世界，但我还活着，并且无所畏惧。"

安托万放下笔，合上笔记本。他喝了一小口茶，但茶已经凉了。他伸了个懒腰，用直接放在地板上的野营小煤气炉加热了一些水。知更鸟啄打着窗玻璃。安托万打开窗户，在窗沿放了一把葵花籽。

---

1 名导斯坦利·库布里克的代表作。（本书注释均为编者注）

安托万的家庭成员有一半来自缅甸。他的祖父母为了追寻掸的足迹，在二十世纪三十年代来到法国。掸是他们家族最出名的先人，在八个世纪以前发现了欧洲。掸是一名醉心于冒险的植物学家，她对艺术、药剂充满兴趣，还尝试绘制一幅区域性地图。每次探险的间隙，她都会回到她的家乡蒲甘，与家人团聚，并和他们以及文人们分享她的发现。缅甸第一位伟大的君主阿奴律陀，在得知了她对研究以及探险的热情之后，为她提供了物质和财富支持以便于探索这个广阔的未知世界。历经数月，掸和她的随从翻山过海，一路旅行，为了找到去往新世界——欧洲的路，多次迷失方向。他们穿过地中海，在法国南部登陆，最终抵达巴黎。他们给欧洲的当地人带来了一些彩色玻璃小饰物和用劣质蚕丝织成的衣物，并和这些部落的首领达成贸易协议。当返程回国之后，掸因为她的发现，受到了庆祝凯旋一般的热烈欢迎。她被人们歌颂，并在荣光中度过了一生。在二十世纪一片动荡混乱中，安托万的祖父母满怀憧憬地决定追随他们祖先的足迹。三十年代初，他们在布列塔尼定居下来。一九四一年，他们甚至创立了著名的"自由射手和法国游击队"[1]缅甸分部。他们渐渐地融入了这里，也学会了布列塔尼语，并艰难地试着爱上吃牡蛎。

安托万的母亲是布列塔尼人，一名环境部的海岸监察员。他的父亲是缅甸人，把时间都花在对烹饪的热情和当一个拖网渔夫上。十八岁的时候，安托万渴望闯出一片属于自己的天地，他离开了宠爱又担忧他

1 第二次世界大战期间法国共产党领导的反法西斯游击队。

的父母，来到了首都。当他还是个孩子的时候，他梦想成为兔八哥，再长大些，变得成熟一点了，他又想成为达·伽马[1]。可是辅导员却建议他选择教育部文件上规定的那些学业。他的大学生涯是一座由兴趣构建起来的迷宫，他永远都能从中发现新的爱好。安托万从来都不理解那些把事情进行武断切分的做法：对于他感兴趣的课程，不管是什么学科的，他都会参加；而那些授课教师水平稀松平常的课程，他干脆直接放弃。他可以拿到学位也是件有点碰巧的事，这多亏他攒够了教学模块的学分。

他没有什么朋友，因为他这个人不合群，这种不合群往往是由过度的容忍和谅解造成的。他的兴趣十分广泛，各不相同，这就把他从那些建立在同样憎恶基础上的小组中排除了出去。如果他对人们充满仇恨的剖析持有怀疑，那多半是出于他的好奇心和无视边

---

1 达·伽马（Vasco da Gama，1469—1524），葡萄牙航海家、探险家。

界、阵营的激情，这使他在自己的国家成了一个无国籍人士。在这个公众意见被局限在只有"是""不是""无看法"三种回答的世界，安托万不愿意勾选任何一项。对于他来说，"支持"或"反对"在面对复杂问题时都有一种让人难以忍受的局限性。除此之外，他身上具有一种温柔的羞涩，他像珍惜自己残留的幼稚一样珍惜着这份羞怯。在他看来，一个人是如此广阔和丰富，这个世界上最虚荣的事情就是：在面对他人、面对每一个人所展现出的未知和不确定性时过分自信。有一瞬间，他害怕自己会失去那份小羞怯，也害怕回到那群人的行列。对于那群人来说，如果你不能支配他们，那你就会被瞧不起。然而，他凭着一股纯粹的决心，把这份羞怯当作人格的绿洲保留了下来。虽然他遭受过很多深重的伤害，但他的性格并未因此强硬起来。他仍保持着极度的敏感，如同凤凰丝绸般的身躯每次受到重创，都会重生得更加纯洁。最后，就算理性上讲，他真的相信自己，他也要尽量确保不会过于盲目，不会太轻易地赞同自己的所思所想，因为他深知我们脑子里的话语是多么喜欢通过欺骗的手段来鼓舞我们。

在安托万做出将从许多方面改变生活的决定之前，在变笨之前，他还尝试了其他路子和手段，来解决他难以参与生活的问题。

这是他的第一次尝试，可以说是笨拙的，但却充满了真诚的希望。

安托万从未沾过一滴酒。就算磕破擦伤，作为一个滴酒不沾的人，他也拒绝用六十度的酒精消毒，而更喜欢用碘伏和红药水。

他的家里连葡萄酒和开胃酒都没有。而且，他更是鄙视用这种发酵或者蒸馏的方法来掩盖想象力的匮乏，抑或来消除郁结的行径。

安托万观察到，喝得酩酊大醉的人的思想是多么模糊，多么脱离现实，他们的话语是多么缺乏逻辑，更糟糕的是，他们有一种错觉，以为自己在传播至高无上的真理。安托万决定加入这个大有前途的哲学流派。在他看来，醉酒是抑制他智力的反思冲动的手段。喝醉了，他就不用思考了，也无力思考：他将是一个近乎情感澎湃、能言善辩、口若悬河的演说家。充斥醉意的智力不再有任何意义，枷锁不在，他可以肆无忌惮地遇险，或者被鲨鱼吞食。他毫无缘由地发笑，莫名其妙地欢呼。喝醉了的他无拘无束，爱着所有人。他跳舞，狂奔！哦，当然，他没有忘记酒精害人的那一面：宿醉、呕吐、肝硬化，以及酒瘾。

　　他打算变成个酒鬼。满脑子都是这个想法。酒精占据了脑海的全部，在绝望中设定好了目标：疗愈。于是他频繁地出入匿名戒酒会，讲述他的人生历程。他的故事得到了小组里像他这样的人的理解和支持，他们为他的勇气和抽离的决心而鼓掌欢呼。他一旦成为酒鬼，就意味着患上了一种被社会公认的疾病。出于一种人道的、医学的考量，大家对酒鬼们充满怨言，与他们保持疏远的距离。然而没有人去抱怨那些聪颖智慧的人，比如说"他观察着人类的一举一动，这一定会让他变得不幸""我的侄女很聪明，但她是个好孩子，她想摆脱这种状况""有时候，我真担心你会变得太聪明"。如果这个世界是公平的，那么这些充满关怀与同情的反思就是他有权利得到的。但如果不是，那么智力就是一种双重的邪恶：它使人们备受折磨，却没有人把它看作一种疾病。

相比之下，成为一个酒鬼反倒将成为社会的进步。他会患上一些显而易见的疾病，病因是大家熟知的，治疗方法也是预想好的；对于智力而言，并不存在什么解毒的疗法。就像思考导致某种排斥一样，观察者与被观察的世界之间存在着间距，酗酒则可以成为确立位置的手段。而要完美融入社会这件事如果不是自然而然发生的话，那就只不过是一个酒鬼的一厢情愿罢了。多亏有了酒精，他可以放肆地面对人类的种种游戏，并且能够从容地、不动声色地融入其中。

由于没有这方面的知识，安托万不知道该如何开始他的这番新事业。是该从直接喝个酩酊大醉开始，还是相反，要一步步地陷入酒精的泥淖？

他难以忍受下去了。强烈的好奇心迫使他冲向离他家只有两步远的蒙特勒伊市政图书馆：他想通过一种富有建设性又能彰显他教养的方式，来机智地变成一个酒鬼，洞悉这种能解救他的毒药的秘密。安托万在书架上翻来翻去，在图书管理员居高临下的注视下挑选出他最感兴趣的书。管理员深信安托万是个聪明人，因为他总是穿得破破烂烂。管理员对安托万很熟悉，毕竟他已经连续四年被评为"年度最佳读者"。管理员还径自把安托万的图书卡复印件张贴出来，上面还写着大大的字："年度最佳读者"。丝毫不顾安托万对这种文化暴露癖做法的抗议。这实在太荒谬了。

安托万带着书来到柜台。《全球烈酒辞典》《酒精历史指南》《酒精和葡萄酒》《最伟大的烈酒》《酒

精基础入门大全》……图书管理员登记好借阅记录，
然后问他：

"又来！你快要打破去年的纪录了，恭喜。你在
做关于酒的历史研究？"

"不，实际上，我……我正试着变成一个酒鬼。
但在喝酒之前，我想对此有些了解。"

图书管理员接下来的几天里一直在想这到底是不
是个笑话，然后他便死了，在埃菲尔铁塔附近的一群
德国游客中离奇地窒息而死。

之后的三天，安托万都一心扑在这些书上，记笔
记，做阅读卡片，觉得自己已然懂得一点这方面的知
识了，然后他开始在认识的人当中寻找一个可以传授
他诀窍的酒鬼。一个堪称葡萄酒和烈酒领域的教授，
利口酒方面的柏拉图，苹果烧酒方面的爱因斯坦，伏
特加方面的牛顿，威士忌方面的尤达大师。在他所有
的远近亲、同事和邻居中，他可以找到精神病患者、

天主教教徒、大老板、填字游戏爱好者、放屁狂、瘾君子、政党党员以及形形色色有着其他毛病的人，但就是找不到一个酒鬼。

在安托万公寓正对面五十米开外的人行道边上，有一个名叫"大象船长"的酒馆。他决定到那里侦察一番。

安托万带上了他的那些书，还拿着一个小本子，用来记录他盼着过会儿能收获的一些见闻和新知识。在他进门时，门上的铃铛响了，但没有人转过身来。他打量着眼前的客人们，挑选着那个可以成为他老师的人。刚早上八点半，但所有人都已经兴致勃勃地喝上了酒。在座的只有男人，有的年轻些，但四十岁以上的占了大部分。他们这些老酒鬼都上了岁数，具体年龄未知。他们支离破碎的生活已经无法让他们感受到昂扬的激情带来的滋味和力量，于是就把微薄的薪水花在酒精上，以此作为幸福美好生活的替代品。

这家酒吧看起来和别家毫无二致：吧台、像秘密军队的士兵一样一字排开的酒瓶、几张桌子、一台老旧的唱片播放机。最重要的是，那种渗透进记忆里的烟味、咖啡味、酒味和清洁剂味混合起来的气味。

一个戴着贝雷帽的男人坐在吧台，面前排列着十一杯不同的酒。安托力在这个男人身上看到了专家的影子，但他不太确定，与此同时他把书放在了吧台上。这个男人看都没看安托万一眼，将第一杯酒一饮而尽。参照着百科全书里的照片，安托万推测这些不同的酒类，并掰着手指头一一数过去：

"波尔图甜葡萄酒、杜松子酒、红酒、苹果烧酒、威士忌、白兰地、黄啤、黑啤、血腥玛丽，那个肯定是香槟了。红酒可能是波尔多产的，你刚喝的那杯是茴香酒。"

贝雷帽男子先是狐疑地看向安托万，在看到他一脸人畜无害的样子后，便笑了笑。

"真不赖，"他承认道，"你很有天赋，小子。"说着，他一口气干掉那杯威士忌。

"谢谢，先生。"

"你很擅长辨认酒？这真是门独特的艺术，虽然我真的一点也不明白这有什么用，反正酒瓶上一般都贴着标签。"

"不，"安托万摇了摇头说，他悄悄侧了侧身，避开男人身上萦绕的酒气，"我读了一些关于酒精的书，想了解不同的制造工艺、酿酒的原料……我想知道关于酒精的一切。"

"这对你有什么用？"男人喝光了杜松子酒，松开酒杯，笑着说。

"我想成为一个酒鬼。"

男人合上眼睛，握紧了手里的酒杯，他的指关节因用力而变得苍白，杯子发出咯吱的响声。街上的喧哗声、车辆来往的声音以及商家热烈的交谈声都清晰可闻。男人深深地吸了一口气又轻轻地吐出。他重新睁开眼，朝安托万伸过手去。他再次笑了起来。

"我叫莱昂纳尔。"

"幸会。唔……我叫安托万。"

他们握了握手。莱昂纳尔观察着安托万，既感到好奇又觉得有趣。握手持续了一会儿，直到安托万把手抽了回来。

"你想变成个酒鬼……"莱昂纳尔嘟囔着，"要是二十年前，我肯定觉得你脑子糊涂了，但很长一段时间以来，酒精都让我置身于幻影般的现实之中。你想变成个酒鬼，怪不得会有这些书。这就说得通了。"

"这些书是为了……我不想随随便便地变成酒鬼。真正让我感兴趣的是各式各样不同种类的酒，烈酒、利口酒、葡萄酒，简直太丰富了！我发现酒精与人类历史紧密相连，并且它的追随者比基督教教徒、佛教教徒和穆斯林加起来都要多。我正在看雷蒙·迪迈[1]关于这个论题的一篇十分精彩的文章。"

"你读再多的书也成不了酒鬼。"莱昂纳尔淡淡

---

1 雷蒙·迪迈（Raymond Dumay，1916—1999），法国作家。

地说道，"这是个需要参与感的活动，需要你每天都花上几个小时，就像所谓的奥运会训练。我不相信你有这个本事，小子。"

"听着，我不想故作炫耀，但……好吧，我会说阿拉米语，我学过怎么修第一次世界大战的战斗机发动机，我会采蜂蜜，我可以给邻居家的狗换尿布。十五岁的时候，我还在我叔叔约瑟夫和婶婶米兰达家度过了一个月的假期。所以，有您帮忙，我觉得自己可以成为一个酒鬼。我有决心。"

"有我帮忙？"莱昂纳尔略微惊讶。他看向杯里的香槟酒——密小的气泡翻滚着升到表面——玩味地笑着。

"好吧。我这个人只懂理论，但没有任何实践。您，您看上去倒像个专家。"

安托万指了指吧台上的那排酒杯。莱昂纳尔喝了一口白兰地，让酒在嘴里停留了片刻。他的脸颊开始变得粉扑扑的。酒吧老板用抹布擦着吧台，把空酒杯撤了下去。莱昂纳尔皱了皱眉头。

"谁告诉你你有天赋做这个？你觉得人们就是这样变成酒鬼的？仅仅凭着意愿，再喝几杯酒就够了？我认识一些喝了一辈子酒的人，但他们都没有成为酒鬼。他们没有这样的天分。所以，你……你认为自己天赋异禀？悄悄溜过来，大言不惭地说自己想变成酒鬼，就好像这是你应得的一样。让我来告诉你一件事：年轻人，是酒选择人，是酒决定你够不够格做一个酒鬼。"

安托万耸耸肩，略显失望：他从来不觉得这是件轻而易举的事，这也是为什么他想在这个酒馆找一位导师。就像当一个没有经验、天真的年轻人宣布要出海时，那些老水手的反应一样，莱昂纳尔表现出他们特有的愤慨。安托万曾在布列塔尼的小港口度过了童年，他很清楚这种感觉，他明白：工匠们对自己的艺术感到自豪，同时也患得患失。

"我不想给您留下这样的印象，莱昂纳尔先生。

我承认我没有注意到，也不知道我是不是有这方面的天赋。我请求您收我为学生。您可以教我。"

"我很愿意试试，我的孩子，"莱昂纳尔受宠若惊地回复道，"但我不能向你保证什么。如果你不具备这样的条件……要知道，不是每个人都能成为酒鬼，这是肯定的，肯定会有个选拔。虽然让人难过，但这就是生活。所以如果你没有成功，不要怪我，还有其他路可以选择。"

"我明白。"

莱昂纳尔在血腥玛丽和黑啤之间犹豫不决，最后选了啤酒。啤酒泡沫沾在了他灰白的胡须上，他用海军蓝厚夹克的袖口擦了擦。

"好吧。我应该问你几个问题，就当是预考核。"

"入学考试？"

"唔，小子，你知道，酗酒的训练是有条件的，这很严肃……"

"反正这又不需要什么许可证。"安托万笑着耸耸肩说道。

"恰恰相反，太需要有个许可证了。有些人酒量很差，他们殴打自己的妻子和孩子，开起车来不管不顾，他们还有投票权……国家应该承担起酒鬼的培训，让他们知道自己的极限，知道自己对于时间、空间以及人格的理解的变化……和游泳一样，最好在跳进深水区前，就确保自己已经知道如何游泳。"

"现在这种情况下，"安托万说道，"您更应该确保我知道如何沉下去。"

"的确如此，小子。我想知道你有没有鱼鳍可以让你沉下水。让我们来看看……第一个问题：为什么你想成为一个酒鬼？在我看来，搞清楚自己的动机是最基本的。"

安托万一边揉着额头，一边思考。他看了看酒馆里的其他人，发现他们与背景完美地融合在了一起。他们之间有一种亲密感，因为即便看起来各不相同，但他们都沉浸在同样的悲伤之中。

"酗酒的原因在于，我们所获得的生存方式有着令人费解的乏味和丑恶。"

"这是引用的句子？"莱昂纳尔将血腥玛丽一饮而尽，然后问道。

"是的，引用自马尔科姆·劳瑞[1]。"

"一个问题，小子：当你去买面包的时候，你会给面包师引用莎士比亚的话吗？'买可颂还是巧克力面包，这是个问题。'我更喜欢听你说，是你，而不是你招来了一个该死的大作家。如果你想要我的意见，很简单，去掉这些引用，因为有太多伟大的作家说过太多的东西，搞得人们甚至不再需要表达个人想法了。"

"老实说，我很穷，也没什么前途……最重要的是，我想得太多了，忍不住要分析并试图理解这一切混乱是如何产生和运作的。当看到我们并不自由，看

---

1 马尔科姆·劳瑞（Malcolm Lowry，1909—1957），有严重酗酒问题的英国诗人和小说家，代表作《火山下》。

到每一个想法、每一个自由的行为都是以无法愈合的伤口为代价的时候，我就会陷入无尽的悲痛。"

"孩子，你是个诗人：你想要说的是你很沮丧……"

"这就是我的本性，二十五年来我一直饱受抑郁的折磨。"

莱昂纳尔友善地拍了拍安托万的肩膀。这时，一个客人走进来，在一张正在玩牌的桌子旁坐下，点了一杯咖啡和一杯苹果烧酒。酒馆老板打开收音机，收听起九点的新闻。

"但是，你知道，酒精治不好你的病。千万不要相信这些。它可以抚平你的伤痕，但或许也会带来其他更加致命的伤害。你将离不开酒精，即便最初你可以体会到喝酒带来的惬意与欢愉，但这些将很快消失，取而代之的只有酒瘾和因缺酒引发的暴虐。你的生活将仅剩一团迷雾、半清醒的状态、丛生的幻想、偏执的妄想、酒毒性谵妄危机以及对周围人的冷酷暴力。

你的人格将四分五裂……"

"这就是我想要的！"安托万用他的小拳头敲打着吧台，一字一顿地说，"我没有力气做自己了，不再有胆量，也不再有欲望去拥有人格这样的东西。人格是一种代价高昂的奢侈品。我只想成为一个平凡的幽灵。我受够了思想的自由放飞，受够了我所有的知识，受够了我这该死的自我意识！"

喝完波尔图甜葡萄酒，莱昂纳尔撇了撇嘴。他怔怔出神，举着酒杯，看着眼前玻璃里的自己，其中一部分被酒瓶挡住了。随着酒被一杯杯地清空，他靠在吧台上的身子又懒散地倾斜了一些。他的眼睛眯了起来，与此同时，他的身体变得不那么颤抖了，幅度变得更大，动作更流畅。"最后一个测试题。"莱昂纳尔问安托万为什么他要在吧台上摆十一杯不同的酒。

"为了不引起嫉妒？"安托万立刻回答道。

"为了不引起嫉妒……"莱昂纳尔一边轻轻敲着吧台上的杯子，一边笑着嘀咕，"你能说得再精确些吗？"

"或许您是在一视同仁地向所有的这些酒致敬。您不单是啤酒或者苏格兰威士忌的粉丝，而且完全没有对于酒类的偏执：您热爱着各式各样的酒，是一个名副其实的全种类酒精爱好者。"

"我倒从来没这么想过，但是……好吧，我同意你的说法。安托万，安托万……在我看来，你似乎有这种能力，也许是悲天悯人的天性给予了你这种天赋。但我得让你知道你会碰到什么麻烦。你会经常呕吐，胃会抽搐泛酸，你会患上眼性偏头痛、神经性偏头痛，你的颈椎、肌肉和骨骼都会酸痛难耐，腹泻、溃疡、视力受损、失眠、阵热以及焦虑不安更将是家常便饭。为了寻求一丁点的温暖与安慰，代价就是所有的这些痛苦。你必须意识到这一点。"

两个新的客人走了进来。他们和老板握了握手，跟莱昂纳尔打了个招呼，在酒馆靠后的一张桌子旁坐下，然后抽着烟斗，边喝酒边一起看《世界报》。安托万坦率地直视着莱昂纳尔，他还是一如既往地冷静，对自己的决定十分自信。他用手捋了捋头发，弄得乱蓬蓬的。

"这就是我想要的，我还想要其他折磨，那些真正的病痛，那些具体的出现在身体上的症状。我痛苦的根源将是酒精而非真实世界。我宁愿得酒精这种装在瓶子里的病，也不愿意得那种叫不上名字的看不见摸不着的病。我将对病痛的原因一清二楚。酒精会占据我的全部思想，把每一秒都像小酒杯一样填得满满当当……"

"我接受你的说法，"莱昂纳尔摸了摸胡子说，"我愿意当你的酗酒学老师。我会很严厉，鞭策你学习。这是一段长期的修行，近乎是一种苦行。"

"十分感谢。"安托万握着莱昂纳尔干燥粗糙的手，平静地说。

莱昂纳尔举起手，打了个响指，把正在吧台另一头收银机旁边读《巴黎人报》的老板叫了过来。

"罗歇，给这小子来一杯扎啤！（老板把啤酒放在安托万面前。）谢谢。我们慢慢地开始。这种啤酒只有五度，没事的，你要让你的味觉、你还年轻的肝脏习惯它。我们不能靠着在周六晚上喝个烂醉的方法变成酒鬼，必须有耐心持之以恒。不一定喝劲儿大的，但必须认真严肃地一直喝，不能停。大部分变成酒鬼的人都毫无章法，他们猛灌威士忌、伏特加，害得自己浑身伤病，然后又开始新一轮的酗酒。安托万，要我说，这些人都是蠢蛋。一群笨蛋、门外汉！我们可以巧妙地算好酒的度数和剂量，以一种更加理智的方法成为酒鬼。"

安托万盯着大杯的啤酒，上面泛着白色的啤酒沫。透过酒杯看过去，一切都镀上了一层金色。莱昂纳尔摘下他的帽子，放在安托万头上。

"来，伙计，不要怕，你不会淹死在里面的。"

"我应该一饮而尽，还是小口小口地喝？"安托万有点惊慌地问。

"这就看你自己了。如果你喜欢这种滋味，而且不想太快喝醉，就小口啜饮，细细品尝啤酒花酿成的甘露。要是你觉得实在受不了，就一口闷下去。"

　　安托万闻了闻酒，鼻子上蹭到了一些泡沫，开始喝起来。他一脸苦相，但还是忍着继续喝了下去。

　　五分钟后，一辆救护车一个侧滑，停在了大象船长酒馆前的人行道上。两个抬着担架的护士出现在酒馆里，把酒精中毒昏迷过去的安托万带走了。吧台上，他的啤酒还剩下一半。

由于生理上的极度敏感，安托万无法成为酒鬼了。作为补救措施，他决定自杀。酗酒是他最后一个试图融入社会的抱负，而自杀则是他所能想到的介入世界的终极手段。他所崇拜的伟人都有勇气选择他们死亡的时刻：海明威、亲爱的弗吉尼亚·伍尔夫、塞涅卡[1]、德波[2]、小加图[3]、西尔维娅·普拉斯、德摩斯

---

1 塞涅卡（Sénèque，约前4—65），古罗马哲学家、悲剧作家、雄辩家。
2 居伊·德波（Guy Debord，1931—1994），法国思想家，情境主义国际代表人物。
3 小加图（Marcus Porcius Cato Uticensis，前95—前46），罗马共和国末期政治家、演说家。

梯尼[1]、克娄巴特拉七世[2]、拉法格[3]……

　　生活只不过是一场无尽的折磨。他不再为新一天的降临而感到欢乐，生活的时时刻刻都变得无比酸涩，将原本美妙的滋味败坏得一干二净。就如同他从未真正拥有过活着的感觉，他也从不畏惧死亡。他甚至欣喜于在死亡中找到唯一可以证明自己曾活过的切实的证据。从他住院起，医院提供的那些食物简直差到难以下咽，这更让他坚定了自杀的念头。

　　尽管当时安托万的钱包里有一张用塑料膜封好的卡片，上面写着一旦脑死亡，他将捐献出自己的器官，还声明他宁愿死在人行道上，也不愿意来皮提耶-萨尔佩特里尔医院[4]接受治疗。可他最后还是被送到

1　德摩斯梯尼（前384—前322），古希腊雄辩家、政治家。

2　克娄巴特拉七世（Cléopâtre VII Philopator，约前69—前30），古埃及托勒密王朝末代女王，中文俗称"埃及艳后"。

3　保尔·拉法格（Paul Lafargue，1842—1911），法国工人党创始人之一，法国最早的马克思主义理论家。

4　法国最大的公立医院。

了这家医院的急诊室。他不情愿出现在这家医院的原因是害怕在这里碰到他的叔叔约瑟夫和婶婶米兰达。安托万脾气很好，但唯独受不了他们，应该说没人能受得了他们。也不是说他们很危险，只是他们总抱怨个不停，大呼小叫，为了一些微不足道的事情一惊一乍。定力非凡的佛教教徒因为和他们来往得太密切，最后加入了准军事民兵组织。每次出国旅行，他们都会制造出一些外交事故。就这样，他们在很多国家被禁止入境。有些组织曾表示，如果这对夫妇再踏足他们的领地，他们将处决这两个人。相关国家的政府毫无表态，丝毫不提它们对这件事的反对。或许有一天，军队会大胆利用起这对夫妇所具备的毁灭性的破坏潜力。近几年来，叔叔约瑟夫和婶婶米兰达把他们的时间全部花在了医院里，不断更换着科室和楼层去做手术。有时候是真的病了，有时候则是他们神经兮兮杜撰出来的疑难杂症。他们跑遍了所有的科室，从泌尿科到过敏科，还去过血管科、肠胃科、耳鼻喉科、口腔科、皮肤病科、糖尿病科……因此，他们像在异国他乡旅行一样，穿梭于首都的各大医院，却总能避开对他们，也是对世界上其他人都有好处的两个科室：精神病科和法医科。

安托万试图说服护士在医院的登记表里把他的名字划掉，以防他的叔叔婶婶来探望他，结果并没有成功。渐渐从昏迷中恢复过来的他坐在病床上，把勺子插在一小罐粉色的含有果粒的苹果酱里，下定决心要自杀。

他的朋友们——甘加、夏洛特、阿斯利和鲁道夫——一起来看望他。甘加是他在生物系的老同学，世界上最随和、最善良的人，总是通过泡草药茶的方式来安慰他。甘加泡的茶令人惊叹，为夜晚增添了几分明亮。他们每周都在索邦大学的天文观测台顶上下几次国际象棋，在街上游荡闲聊。安托万对甘加从事什么工作一无所知。甘加表现得神神秘秘，但他不缺钱，所以总是抢着买单。夏洛特在一家出版社当翻译，她曾是安托万的邻居。她有个远大的梦想，那就是生个孩子，但身为女同性恋者，她绝不想通过自然的方式来实现。于是，在和她的医生朋友合计之后，她开始定期接受人工授精。为了提高怀孕概率，每次受精后，安托万都会陪着她去王座嘉年华[1]，或者随便一个庙会，他们在摩天轮里转来转去，消磨掉整个下午。虽然这不是什么科学的做法，但夏洛特觉得这些游乐设施的离心力可以让不听话的精子乖乖游向该去的地方。鲁道夫是安托万的大学同学，也是他人生不可或缺的对手。他比安托万大两岁，负责教授一门"康德或绝对思想的统治"的哲学课程。鲁道夫是典型的教育体系的"产物"，他希望自己能够在两年内拿到副教授的职位，七年内升到教授，等到再过六十几年溘然长逝时，就算他本人已被世人忘记，也能留下一本影响数代的传世之作。安托万和鲁道夫之间的

---

1 欧洲著名的游乐场，曾在电影《天使爱美丽》中出现。

共同之处是他们从未在任何事情上达成过一致，这反倒让他们的关系走得更近。他们最后一次争论是关于思想的。鲁道夫像一位杰出的哲学家一样断言，纯粹的思想行为产生于人的全能意志以及完美的自由意志的简单运作，而安托万嘲笑他，并提醒他别忘了偶然性和多重决定论对人类的影响。但鲁道夫似乎认为，淋在普通人身上的雨淋不到哲学家身上。总之，安托万是个怀疑论者，鲁道夫是个肯定论者，可以说每个人都用各自的方式夸大了自己的倾向。最后，阿斯利是安托万最要好的朋友，但让我们之后再谈论他。

他们第一次来医院时，甘加带了草药茶，夏洛特买了花，阿斯利送了一盆一米半高的矮棕榈，鲁道夫则对安托万没有挂上他本可以帮其拔掉的人工呼吸机而感到遗憾。

朋友们的关心并没有改变安托万沉默的决心：他此前已经决定，不再仅仅为了不麻烦他的朋友们而活着。

安托万的病房里还有一个人，这一点是确定的，但他也只知道这些了。他不知道这个人是男是女，也不知道多大年纪，原因很简单，这个人像埃及木乃伊一样被绷带包裹着。但这团白色的东西并没有遮盖住法老的遗骸，因为有一个丝毫不带国王河谷口音的女性声音传了出来。

"别担心，我不会有事的，"她又重复了一次，"我不会有事的。"

"你说什么？"安托万问道，从床上坐了起来。

"你为什么来这里？"

"酒精中毒昏迷。"

"哦，我也中过招，"那女人用轻快的语气笃定地说，"这没什么。你都喝了什么酒？伏特加？威士忌？"

"啤酒。"

"喝了多少升？"

"半杯。"

"半杯？你在这方面创造了一个历史纪录。酒精中毒昏迷，这可太经典了。"

"这并不是我的初衷，我其实是想变成一个酒鬼，但这条路行不通了。现在，对我来说，自杀似乎是最可行的解决方案。至少，我有个小的机会。"

"你错了，没有比自杀更困难的事情了。不管是高中毕业会考、警探选拔考试，还是文科教师资格会考，都远远比自杀简单得多。自杀的成功率低于百分之八。"

安托万坐在他的床边。苍白的阳光透过窗子上的板条涌了进来，光线投射在房间的墙壁上，映照出一种病态的颜色。安托万的朋友们几个小时前曾来过，却没有一个人前来探望这个女人。

"你是自杀了吗？"安托万问道。

"明摆着的事，"女人冷笑着回答，"我失败了。"

"这不是你的第一次尝试？"

"我都不再计算次数了，太让人挫败了。我试过一切手段，但每次都有事情或人跳出来妨碍我，让我死不成。当我想淹死自己时，一个勇敢的傻瓜救了我。几天后，他死于肺炎。这太可怕了，不是吗？当我上吊时，绳子松了。当我向自己的太阳穴开枪时，子弹穿过了我的头骨，却没有击中我的大脑，压根没造成任何严重的损害。我还吞过两盒安眠药，但实验室给的药量不对，结果我只是睡了三天的觉。三个月前，我甚至雇了一个杀手来射杀我，可这个笨蛋搞错了，杀了我的邻居！太倒霉了。我曾经绝望到想自杀，现在绝望的缘由竟成了我没法杀死自己。"

透过绷带只能看到她的一对绿色眼睛，仿佛镶嵌在白色亚麻布箱子上的绿宝石。安托万试图在其中找到一丝悲伤，可唯一能发现的只有恼怒。

"你想知道我为什么会这样吗？"她把目光转向安托万问道，"不要觉得不好意思，想问我为什么这么激动一点也不奇怪。我从埃菲尔铁塔的四层纵身跳下来，这下肯定能成功了，对吧？好吧，就在这个时候，一群穿着短裤的德国游客偏巧挤在塔底拍纪念照。"

"你砸到了这些德国人？"

"是的，我掉在了他们身上。他们缓冲了我的坠势，甚至让我反弹了好几次。结果是我全身的骨头几乎都摔断了，但听那个蠢货医生说，用不了六个月，我就又能站起来恢复如初了！"

沉默如蝴蝶般在房间里展开它那巨大而脆弱的翅膀。阳光消失不见，天色一片灰暗，雨落了下来。明明是七月，却演奏成了三月的乐谱。

"也许你最好别再自杀了，这样不会有什么好结果的。试着……我也不知道……认识一些人，听一张冲撞乐队[1]的专辑，谈谈恋爱……"

"你不明白！"她反驳着，"正是因为爱情，我才想自杀，所以要是我再谈一次恋爱，结果再出什么问题，我会再想死一次的。其次，自杀是我的使命，

---

1 英国著名朋克摇滚乐队 The Clash。

从我小时候开始，它就是我的激情所在。如果我在九十岁时自然死去，那我会变成什么样子？"

"我不知道，女士，我不知道。"

"但这不会发生，我不会遭受这种羞辱。我什么都吃，数不清的油炸食品，成吨的肉。我酗酒，每天抽两包烟……你觉得这种自杀方式有用吗？"

"有用的，"安托万鼓舞她，"重要的是你做这些事的目的。但同时我认为，如果你死于肺癌，在统计中不会被算作自杀，即使那是你的目标所在。"

"别担心，我不会再搞砸了。"

于是这位女士告诉安托万，她在第十八区市政厅那块贴满了瑜伽和陶艺课信息的协会公告栏里发现了一门关于自杀的课程。安托万没有这方面的经验，他不想把他宝贵的死亡年华浪费在失败的自杀尝试上，因此他认真地听着室友说的话。她向他解释了她的计划：一旦康复，她就去参加课程，努力地学习正确的自杀方式。她把培训班的电话号码告诉了安托万。

突然，门开了，一片惊呼声中，两只袋獾张牙舞爪地如旋风般蹿了进来：约瑟夫叔叔和米兰达婶婶扑向了可怜的安托万。他们询问起他和他家人的近况，但很快又回到了他们自己的烦心事上，他们遭遇到的所谓的不幸。约瑟夫叔叔与安托万和他的室友聊起来，这让那个室友比以往任何时候都更痛恨那群德国游客的存在。约瑟夫叔叔说他刚做完脾脏手术，并且十分笃定地认为外科医生把别人的脾脏换到了他身上。他坚持让安托万摸他的肚子。

"你能感觉到脾脏吗，安托万？"他咬牙切齿地低声说，"你能感觉到它吗？这不是我的脾脏，他们骗不到我，这不是我的脾脏！"

"但是，约瑟夫叔叔，他们为什么要调换你的脾脏？"

"为什么？"叔叔惊呼着，"为什么？你来告诉他，米兰达，我说不出口。告诉他，米兰达！"

"为什么？"米兰达婶婶接过话，"为了贩卖器官！"

"别那么大声！"约瑟夫叔叔喊道，"小点声，他们会听到我们的，天知道他们会对我们做什么。他们有能力做任何事，任何事。偷偷调换脾脏的人什么事都做得出来！"

"我们认为这是一个阴谋，"米兰达婶婶拉着安托万的胳膊低声说，"我们已经收集了一堆证据，并且推测在这所医院内，存在着一个重大的器官贩卖组织。"

"你为什么会这样想？"安托万问道。

"脾脏！"约瑟夫叔叔叫嚷着，"我的脾脏！这不就是铁证吗？他们把我健康的脾脏拿去卖高价，然后塞给我一个萎靡无力、发育不良的坏脾脏……"

"我们留意到一些蛛丝马迹了，"米兰达婶婶语气确凿地说，"从那些护士和医生的眼神中就可以看出他们的密谋。"

约瑟夫叔叔和米兰达婶婶跑到每个病房，检查病人们的肚子。最后，他们离开了，像两个笨拙的侦探，继续去搜寻关于这个非法组织的证据。

安托万很高兴房间重归平静，他转头看向那个企图自杀的女人，但她已经合上了眼睛。一位医生走进来，用一种汽修技工的语气告诉安托万，他可以出院了。

几天过去了，安托万决定看看那张记着自杀课程电话号码的纸。巴黎终于沐浴在阳光的照耀下。排气管像新时代的花粉一样传播着它们的污染物，在巴黎人和游客的肺里种下了一个未来病态文明的植物群。植被的濒危成为生活的常态，而对于那些只看到移动物体的眼睛来说，这是如此无声和不可见。汽车继续发明新的人类，在铺满沥青公路的美梦中，他们将用车轮代替双腿来行走。

安托万没有电话，于是他去了街角的电话亭。电话亭正对面是一家面包店，奶油圆面包的香味将附近糟糕的气味一扫而空。安托万等了一会儿，才等到电话亭空了出来。

"这里是'全力以赴、助您解脱'，您好！"一个年轻女人悦耳的声音响了起来。

"您好，唔，我从一个朋友那里得到了你们的联系方式，我对你们的课程很感兴趣。"

一个流浪汉紧贴在面包店的通风栅栏上。他拿出一块裹在袜子里的硬邦邦的面包，津津有味地啃起来。他吸着酥皮面包甜乎乎的气味，让它们和嘴里吃起来像纸板一样的面包混合在一起。

"这样的话，先生，我建议您直接来找我们。因为埃德蒙教授绝妙的上吊行为，这周没有课，但下周一阿斯塔纳维斯教授会来上课。我可以给您时间表。您能记下来吗？"

"稍等，稍等……好了，您讲。"

"从周一到周五，晚上六点到八点，克利希广场七号。只要按一下对讲机，就在一楼，很好找。"

等到了星期一，安托万来到克利希广场这栋楼前。在一堆医生、戏剧班、匿名酗酒者协会、童子军、政党的牌子中，他发现了一块铜板，上面刻着"全力以赴、助您解脱，协会成立于1742年"。安托万按下按钮，请求打开沉重的大楼门。他跟着指示牌的踪迹，沿着走廊一直走，从一个双扇门进入了一个狭长的房间，大大的窗户让房间变得十分明亮。

　　大约有三十人已经在场。一些人坐在那里，阅读或等待着，大多数人各自在分散的小团体中聊天。一个四重奏乐团正在演奏舒伯特的作品。一个身穿黑色礼服的高个子女人看起来像是负责人。她亲切地与安托万打招呼，称自己就是阿斯塔纳维斯教授。来参加课程的人有老有少，来自各行各业，风格迥异。他们似乎都很放松，在包里翻翻找找，和别人交谈着，交换着文件。他们开始坐下来，大多数人都带了一个便签本或笔记本。他们等待着开课，手里拿着笔，窃窃私语，压抑着笑声。

房间里满满当当摆了十多排椅子，每排放了十五把。后面的讲台上放了一张桌子，阿斯塔纳维斯教授就坐在那里。所有的学生现在都坐好了。房间的四面墙上挂满了著名自杀者的肖像画或照片：奈瓦尔[1]、玛丽莲·梦露、吉尔·德勒兹[2]、斯蒂芬·茨威格[3]、三岛由纪夫、亨利·罗尔达[4]、伊恩·柯蒂斯[5]、罗曼·加里[6]、海明威和达琳达[7]。

就像任何讲座或会议开始前一样，观众们窸窸窣窣地说着话，笑声不断。安托万在中间的一排坐下，

---

1 奈瓦尔（Gérard de Nerval，1808—1855），法国诗人、作家和戏剧家，象征主义、超现实主义先驱。

2 吉尔·德勒兹（Gilles Deleuze，1925—1995），法国重要哲学家。

3 斯蒂芬·茨威格（Stefan Zweig，1881—1942），奥地利小说家、传记作家，代表作《一个陌生女人的来信》。

4 亨利·罗尔达（Henri Roorda，1870—1925），瑞士作家、自由主义教育家。

5 伊恩·柯蒂斯（Ian Curtis，1956—1980），英国摇滚乐队"快乐分裂"（Joy Division）的主唱，摇滚乐史上的悲剧人物。

6 罗曼·加里（Romain Gary，1914—1980），法国外交家、小说家、电影导演，唯一一位获两次龚古尔文学奖的法国作家。

7 达琳达（Dalida，1933—1987），法国天后级歌手。

坐在一个表情捉摸不透的优雅男人和两个微笑的年轻女人之间。教授对着她的拳头咳嗽了一声。现场一片寂静。

"女士们，先生们，首先，请允许我向你们宣布，即便有些人已经知道，埃德蒙教授成功自杀了。他做到了！"

阿斯塔纳维斯教授拿起一个遥控器，对准挂着白板的墙壁。屏幕上出现了一个在酒店房间里上吊的人的照片，他手腕上的血管已经张开，血在米色的地毯上洇染出两大块红色的圆圈。拍这张照片的时候，他的身体一定是在微微摇晃，因为脸部是模糊失焦的。安托万周围的观众们鼓起掌，对这起合力完成的自杀事件赞不绝口。

"他做到了！正如你们所看到的，为了不失手，为了保险起见，为了防止绳子断裂，他割开了自己的手腕。我认为这应该值得更多的掌声！"

学员们再一次鼓起掌，他们起身大声嘶喊着，吹着口哨。安托万仍坐在那里，惊讶地看着庆祝一个人死亡的欢呼场面。

"我们今晚有一个新朋友，我来请他介绍一下自己。"教授指着安托万说。

每个人都转向了安托万。安托万一想到要在大家面前发言，便有些胆怯。在听众善意的注视和无声的鼓励下，他站了起来。

"我的名字叫安托万，今年二十五岁。"

"你好，安托万！"学员们齐声回应。

"安托万，"教授插话问道，"你能告诉我们你为什么来这里吗？"

"我的生活是一场灾难，"安托万始终站立着，紧张地来回摆动他的手，他解释说，"但这还不是最糟糕的。真正的问题是，我能清醒地认识到这一点……"

"所以你选择了自杀，"教授喃喃自语，双手按在桌子上，"沉浸在舒缓的虚无之中。"

"事实上，我对生活一窍不通，也许我在死亡中更能找到满足感。比起活着，我可能在死亡这方面更有才能。"

"我确信，安托万，"教授表示同意，"你将成为一个非常伟大的死人。这就是我在这里的原因：教你，教你结束这种给予我们如此之少却索取如此之多的生活。我的理论……我的理论是，最好是在生命夺走我们的一切之前就死去。你必须为死亡保存一些弹药、一些能量，而不是像那些痛苦不堪、闷闷不乐的老人一样，两手空空地抵达那里。我不在乎你是信徒、无神论者、不可知论者还是糖尿病患者，这都不关我的事。我想到了一些事情要和你谈一谈，但不是要说服你去死，也不是来啰唆生活与死亡会是什么样子。这是你的经历，你有你的理由，你的选择。我们的共同点是，我们对生活不满意，想结束它，仅此而已。我将教你如何以一种行之有效的、优雅动人的、独具原创性的方法结束，确保你不会失手搞砸。我的教学是关于如何自杀，而不是探寻自杀的原因。我们不是一个教会或教派。任何时候，你都可以放声痛哭，离开这个课堂并叫喊起来。你有权利做任何事情，甚至可以爱上你的邻居，重新找到生活的乐趣……为什么不呢？这将给你带来一段美好的时光，即使我们可能在六个月后再次相遇。如果不幸我还在这里的话。"

安托万周围的人笑了起来。教授说话时语气平静，没有政治或宗教长官的派头，而是像以文学教授的轻松姿态，面对在阶梯教室里专注听讲的学生们发言。她把手插进礼服外套的口袋里，如此恰如其分地引人注目，以至于不需要使用夸张的效果、戏剧场景或修辞手法来人为地进行强调。

"生活中存在着针对自杀的审查制度。政治上的、宗教上的、社会上的，甚至是自然性质的，因为大自然母亲不喜欢我们从她那里夺取自由，她想把我们拴在绳子上直到死亡，她想代替我们来做决定。什么决定着人的死亡？我们把这种至高的自由交给了疾病、事故和犯罪。我们称它为巧合，但事实并非如此。这种巧合是社会的微妙意志，它一点一点地用污染物来毒害我们，用战争和事故来屠杀我们……因此，社会通过我们的食物质量、我们日常环境的危险性、我们的工作和生活条件来决定我们的死亡日期。我们无法选择生存，无法选择我们的语言、我们的国家、我们的时代以及我们的品位，我们决定不了我们的生活。唯一的自由是死亡，自由就是死亡。"

教授喝了一些水。她双臂靠在桌子边上，仔细地看着房间里所有的学员们，微微颔首，仿佛有一种宽厚包容的亲密关系将他们联结在了一起。

"但所有这些都是空话。我们来这里是想有所反思，想追寻一种神圣性，一种升华，一种合法化，一种超越……谁知道呢……我们想让绝对死亡或者绝对自由的幻觉，在一种平等性中完美对等起来。实际上……我的真实状况是……让我说清楚，我说的是我自己，我生病了。癌症发现我的身体是一个如天堂般梦幻的岛屿，所以它在那里安然度假，脚踩在我的血液化成的海洋里，在我心脏放射的阳光下晒起日光浴……它不需要遮阳伞，也不关心是否会晒伤，确保我的死亡就是它带薪休假要做的事。我处于极度的痛苦之中……你们都明白我的意思。为了从痛苦中挣脱，我不得不给自己注射吗啡，硬塞下止痛药……（她从上衣内侧的口袋里拿出一个小药盒挥了挥。）这是有代价的，我付出了良知的代价。我仍然头脑清醒，但这种情况可能持续不了多久，所以我宁愿亲手杀死自己，也不想让医生来拔掉插头，让我躺在病床上失去知觉。这是一种渺小而悲惨的自由。大家都聚在这里，或许是因为你们的身体器官患上了癌症，或许是你们的灵魂发生了癌变，又或许是发现了情感的肿瘤，也可能是你们的爱情染上了白血病，社会的癌细胞发生转移，这些都让你们饱受折磨。而这正是决定我们选择的因素，它们高高地凌驾在我们所有伟大的自由观念之上。让我们面对现实吧：如果我们是健康的，如果我们得到了本应享有的爱与关怀，在社会的阳光下占有一席之地，我相信这个房间会空空如也。"

教授结束了她的演讲。全场掌声雷动，安托万旁边的两个学员十分震撼，激动地站了起来。老师从她的纽扣孔里取出一朵红花，把它放在桌上的水杯里。

接下来的一个半小时里，教授开始上课。她教了几种有效的自尽方法，教她的听众们如何制作一个货真价实的、优雅而结实的绳索，为大家讲解应该选择哪些药物，如何算好剂量，如何进行药物间的搭配，好让自己愉悦地死去。她准备了一些色彩诱人的致命鸡尾酒的配方送给大家，并保证这些鸡尾酒十分美味。她详细介绍了不同的枪支，以及根据口径和射击距离，它们会对颅骨和大脑解剖结构的影响。她建议，在试图向自己的头部开枪之前，要对头骨进行 X 光检查，以确定枪管的位置，从而避免失误。她用一些展示图表的幻灯片，教给认真听讲的学员们哪些手腕静脉要切开，以及如何切开，用什么切开。她建议不要使用煤气等类似的手段。她还讲述了三岛由纪夫、小加图、恩培多克勒[1]、茨威格等人的自杀事件。所有这些自杀场景，都对这个世界意义非凡。最后，她在课程结束时向埃德蒙教授致敬，提醒大家为了成功解脱，最好协调好两种致命的力量：药物和自缢，割腕和手枪……

　　下课后，安托万趁着没人试图找他讨论的时候离开了房间。四重奏乐团又开始了演奏。出门后，他经过了协会的小商店，店内装饰着可爱的娃娃屋，里面供应着精致的绳索、小册子、书籍、武器、毒药、干的毒蘑菇，以及伴随美好死亡的必需品：葡萄酒、美食、音乐。他沿着克利希大道走到拉福什地铁站，整个城市在他眼中飘浮起来，仿佛他喝醉了。现在他知道如何自杀了，他已经失去了业余者的纯真而拥有了

1　恩培多克勒（Empédocles，约前490—前430），古希腊哲学家、诗人、科学家。

专业人士的知识，他不再想这样做了。

安托万不想活，这是肯定的，但他也不想再寻死了。

“我不知道你有没有注意到，利用法棍的尺寸、周长和重量，我们可以得到一个黄金比例。这可能不是巧合。”

　　面包师点了点头，递给他一根全麦面包。

　　安托万住在巴黎边缘的蒙特勒伊。阿斯利打趣，说他住在巴黎的稻田里。阿斯利是他最好的朋友。安托万几乎从不叫他的全名，而是喊他的简称——阿斯。阿斯利很开心，因为在萨摩亚语中——他是萨摩亚人[1]——"阿斯"的意思是"山泉"。

阿斯肯定有两米多高，但他的动作却像鲸鱼在水中一样流畅。而且，他有一种让人意想不到的性格，这可以追溯到他的童年。

某家公司有一个传统，它会在发布新产品之前先在消费者小组中进行试验。阿斯的父母很穷，于是他们为他报名参加试验来换取食物券。当时，这家公司希望推出一种含有维生素和磷补充剂的新型婴儿食品。在极小的分量下，磷对人体健康是有益的，但工厂在剂量上出了错，一个工程师把微克和千克搞混了。由于这一生产上的失误，虽然并非所有参加试验的儿童都身亡了，但幸存下来的人们还是患上了癌症以及其他一些重病。阿斯相对幸运，只有精神问题阻碍了他的大脑发育。严格来说，他并没有智力缺陷，只是他的思维走上了一条特殊的道路，他的理智遵循着一

---

1 萨摩亚人（Samoan），南太平洋萨摩亚群岛的民族。

种其他人所不具备的逻辑。那些含磷量超标的婴儿食品带来的另外一个后果是，阿斯会在黑暗中发光，漂亮极了。当他们夜晚走在街上时，安托万身边的阿斯就像是一只巨大的萤火虫，在没有路灯的小巷里照亮了他们的路。

为了治病，阿斯在一个专门的机构中度过了童年。多年来，他一直不张口说话，没有一种常规康复治疗能让他从沉默中走出来。后来，一位热爱诗歌的语言治疗师发现，阿斯说话的唯一方式就是用诗句。他的语言障碍需要用韵脚支撑；诗歌就成了他说话的拐杖。渐渐地，他能够恢复到几乎正常的生活，并在十六岁时离开了医院。从那时起，尽管他的性格平和，使他更像一只大泰迪熊而不是警卫人员，但他还是做了保安，他那巨大的体形应该可以吓跑潜在的小偷。还有两个优势对他遇到的少数窃贼产生了一些影响：首先，他的光亮使他看起来像一个幽灵，一个超自然的幽灵；其次，如果小偷没有晕倒或逃跑，阿斯利用诗歌来说话的样子也会吓到他们。他曾在植物园的国家自然历史博物馆担任过两年半的保安。

安托万就是在那里认识他的。阿斯下班后，喜欢在进化展大厅的各个楼层走动。这是一个神奇的地方，由数以千计的毛绒动物组成，让游客有一种走在时间冻结的挪亚方舟中的感觉。这个灯光昏暗的地方散发着一种神秘的气氛，与照在动物身上的灯光形成对比的微光笼罩着好奇的人们，他们窃窃私语，生怕惊醒了大象、猛兽和鸟类。一天上午，安托万第一次参观了展厅，他怀揣着无尽的好奇和强烈的不耐烦走来走去，欣赏着以惊人姿势被拍摄下来的动物，阅读着描述它们生活和栖息地的标签和展牌。当他四处游荡时，他贪婪的心灵在这些文化中得到了满足。一个模糊的、光线怪异的形状吸引了他的目光。他起初以为这代表了某种尼安德特人，或者是一个穿着衣服和鞋子的无毛雪人[1]的稀有标本。安托万低头寻找讲解牌，试图找到关于这个奇怪标本的来源和时代的科学说明。他看了看这个生物的脚，但什么也没找到。他抬起头来，那个生物对他笑了笑，伸出了巨大的手掌。就这样，他们成了朋友。

他们总是黏在一起。阿斯话不多，但这很适合安托万，后者的思想和语言十分躁动。阿斯会用亚历山大体的诗歌打断他无休无止的问话，这些诗歌的十二个韵脚充满了比安托万的长篇大论更深远的意义。安托万喜欢阿斯话语中的概括性和诗意，而阿斯反过来也喜欢安托万话语中的繁富。

夏洛特、甘加、鲁道夫、阿斯和安托万晚上经常在朗比托街的一家名叫格维兹门斯多蒂尔的冰岛小酒吧里见面。他们一边下棋，一边聊天，喝着饮料，吃着叫不出来名字的、成分很神秘的菜。他们不知道自

---

1 雪人（Yeti），传说在尼泊尔喜马拉雅山区的一种大雪怪。

己在吃什么，是肉还是鱼？那些荒诞的蔬菜是什么？但这些不寻常的味道让他们很开心。这家小酒吧餐厅是冰岛侨民的聚会场所，所以其他客人都在说着同样的奇怪语言。安托万注意到，在这里，对于不明白别人在说什么这件事，至少有一个合乎逻辑的理由。在这个不可思议的地方，每周有几个晚上，他和朋友们会一起玩趣味问卷游戏，玩发明新国家和他们称之为"世界一分为二"的游戏。这是一个关于寻找世界上真实存在的巨大区别的游戏，这种区分无比中肯，因为毋庸置疑，世界总是一分为二的：喜欢骑自行车的人和开快车的人；把衬衫露在裤子外面的人和把衬衫塞在里面的人；喝茶不加糖的人和喝茶加糖的人；认为莎士比亚是最伟大的作家的人和认为安德烈·纪德是最伟大的作家的人；喜欢《辛普森一家》的人和喜欢《南方公园》的人；喜欢坚果酱的人和喜欢抱子甘蓝的人。带着对人类学的真正关注，他们列出了人类基本区别的清单。

安托万出院一周后，也就是七月二十日星期四，在他们的一次秘密会面中，他向他的朋友们宣布他打算变笨的想法。

餐厅挤满了人。一个微型维京人从墙上的时钟里弹出来，用斧头敲了十下盾牌。冰岛人的谈话声和传统音乐把安托万和朋友们坐的桌子变成了一座孤立的小岛。食物和啤酒的气味混合在一起，形成了一团悬浮在餐厅狭小空间里的雾气。冰岛神话中的怪兽和神灵化身为灯笼，在顾客上方闪耀。不堪重负的服务员在拥挤的餐桌之间滑行。安托万从包里拿出了那个记录着他的信念的大笔记本，先是请求朋友不要打断他，然后紧张激动地开始朗读：

　　"有一些人注定得不到最好的东西。他们可以穿着羊绒服，但看起来却像个流浪汉；表面有钱，实则负债累累；看着人高马大，篮球却打得一塌糊涂。我今天才意识到，我就是属于这种无法使自己的优势变现的人。对于我们这种人来说，这些优势甚至是一种缺陷。

"真理往往出自儿童的嘴。小学时，被称为书呆子是一种令人厌恶的侮辱；后来，成为知识分子却近乎一种闪光点。但那是谎言：智力是一种缺陷。活人知道自己终有一死，但死人却什么都不知道，那我认为聪明比愚蠢更糟糕，因为愚蠢的人意识不到这一点，而聪明的人，即使再谦虚，也必然清楚地知道这一点。

"《传道书》里写到，'增加知识，就增加痛苦'。但是，我从未有幸和其他孩子一起上慕道班，因此没有人提醒过我学习的危险性。基督教教徒是幸运的，他们在如此年轻的时候就被警告过智力的危险，他们将知道如何在一生中远离它。头脑简单的人有福了。

"那些认为聪明人很高尚的人肯定没有充分地意

识到它只是一种诅咒。我周围的人、我的同学、我的老师，所有人都觉得我很聪明。我始终不明白他们为什么以及如何对我做出这样的判断。我经常遭受这种积极的种族主义的评价，它来自那些将智慧的外表与智力混为一谈的人。他们以一种虚假的有利偏见谴责你，来塑造他们的权威形象。就像在那些天生丽质的年轻男女身上听到的话一样，他们声称自己聪明、有教养，但都是为了无声地羞辱那些天生条件较差的人。我多么憎恶出现在这样的场景里，尽管我自己的存在也伤害并贬低了那些被评判为不太出色的男男女女。

"我从来都不喜欢运动，上一次让我肌肉拉伤的大型比赛是小学操场上举行的弹珠比赛。我瘦弱的手臂、短促的呼吸和缓慢的双腿，使我无法做出必要的努力来有效地弹球，只有用精神的力量来探索世界。我的身体过于瘦弱而无法好好运动，只剩下发明球赛的神经元。智力只不过是一种权宜之计。

"智力是进化中的残次品。在最早的史前人类时代，我完全可以想象，在一个小部落里，所有的孩子都在灌木丛中奔跑，追逐蜥蜴、采摘浆果作为晚餐，一点一点地与成年人接触，学习成为完美的男人和女人：猎人、采集者、渔夫、皮革匠……然而，如果我们更仔细地观察这个部落的生活，就可以看到一些孩子并不参与集体活动：他们仍然坐在火堆旁，躲在山洞里。他们永远不知道如何抵御剑齿虎，也不知道如何狩猎，让他们自力更生，他们将活不过一个晚上。如果他们整天无所事事，并不是因为懒惰，不，他们想和朋友一起玩，但他们不能。大自然在把他们带到世界上的时候，出了一些小磕碰。在这个部落里，就诞生了一个盲人女孩，一个瘸子男孩，还有一个笨手笨脚、心不在焉的人……于是，他们整天待在营地里。由于无事可做，此时电子游戏又尚未问世，他们只能被迫思考，让自己的思绪飘荡。而他们花时间思考并试图破译世界，想象虚构故事，进行发明。文明就是这样产生的：因为不完美的孩子们没有其他事情可做。如果大自然没有使任何人残缺，如果模具每次都完美无瑕，人类将一直停留在原始人阶段，幸福快乐，在没有任何进取的想法，没有百忧解、避孕套或杜比数字播放器的情况下活得非常好。

"保持好奇心，想要了解自然和人类，探索艺术，这应该是每个人的思想倾向。但如果是这样，按照目前的分工安排，世界就会停止转动，只因为这些需要时间，需要培养批判精神，没有人愿意再工作了。这就是为什么人们有好恶，有各自感兴趣的东西，否则就不会存在社会。那些对太多事物感兴趣的人，那些对自己原本无感的主题又提起兴趣的人，那些想了解自己兴致索然的原因的人，他们都为之付出了孤独的代价。为了摆脱这种排斥，就必须拥有一种具备功能性的智力，使之服务于科学、事业或者一种职业；简单来说，就是一种为目的而服务的智力。我设想的智力太过独立而毫无用武之地，也就是说，它不能被大学、公司、报社或律师事务所采用。

"我被理性诅咒了，一贫如洗，单身一人，郁郁寡欢。几个月来，我一直在反思我思虑过度的疾病，已经有把握地发现了我的抑郁和毫无节制的理性之间的关联。思考，试图理解，这些不仅让我一无所获，还总是拖我后腿。思考不是一种自然而然的行为，它让我很痛，仿佛被暴露在混合着玻璃瓶残渣和铁丝网碎片的空气中。我不能让大脑停止转动，无法让它慢下来。我觉得自己就像一个火车头，一个沿着铁轨疾驰而过的旧火车头，它永远不会停下来，因为给予它令人眩晕的动力的燃料，它的煤炭，就是这个世界。我看到的、感觉到的、听到的一切，都冲进我的思想熔炉，让它运转起来，全速运行。思考并试图理解的行为是社会性的自杀，它意味着你不再冷冰冰地感受生活，你会不由自主地变得既像一只被捕获的鸟，同时又像一只啃噬猎物的豺狼。我们试图理解的东西往往会被扼杀，因为就像实习医生一样，少了解剖就无法获得真正的知识：人们发现了静脉和血液循环，骨髅的组织，神经，以及身体的内部运作。而且，在一个可怕的夜晚，你发现自己在一个潮湿、黑暗的地窖里，手里拿着一把手术刀，身上沾满了血迹，不断遭受着恶心的折磨，金属桌上放着一具冰冷、丑陋的尸体。之后，人们总是可以尝试成为弗兰肯斯坦教授，把一切都修补起来，使之成为一条鲜活的生命，但风险是制造出一个杀人的怪物。我在停尸房里活得太久了，如今，我察觉到愤世嫉俗、苦闷和无尽悲伤这些危险事物正在逼近。人很快就会变得善于不快乐。一个人不可能既活着又同时保留过度的意识与思考。此外，让我们观察一下自然界：凡是活得很老很开心的东西，都不是很聪明。乌龟活了几个世纪，水永生不朽，米尔顿·弗里德曼[1]也仍然活着。在自然界中，意识是个例外，人们甚至可以猜想它是一个意外事故，

---

1 米尔顿·弗里德曼（Milton Friedman，1912—2006），美国著名经济学家、货币主义理论创立者，1976 年获得诺贝尔经济学奖。本书在法国出版时，弗里德曼健在。

因为它既不能保证任何优越性，也无法专门使人变得长寿。在物种进化的背景下，这不是一个更好地适应自然的迹象。就年龄、数量和领土而言，昆虫是地球上真正的主人。比如，蚂蚁的社会组织比我们的要有效得多，但没有一只蚂蚁在索邦大学拥有教职。

　　"每个人都有关于女人、男人、警察、杀人犯的事情要讲。我们的归纳概括来源于自身的经验，来源于适合我们的东西，来源于利用自身微弱的神经网络所能理解的东西，来源于我们的视野。这是一种快速思考、判断和自我定位的简单方法。它本身没有任何价值，它是一个信号，是每个人挥舞的小旗子。而每个人都在捍卫自己的利益、性别和财富。

　　"在辩论中，笼统的说法具有推理简单顺畅、便于理解的优点，因此对听众的影响更大。用数学语言来说明，基于一般性的讨论就是加法，是简单的运算，它们的显而易见使人相信其准确性，而严肃的讨论反而会让人想到一系列带有几个未知数的不等式、积分和玩弄复数的把戏。

"一个聪明人在讨论中总是给人一种简化的印象，他唯一的渴望就是将某些词划掉，在某些词上打上星号，在卷末放上脚注和评论，来真正表达他的思想。但在走廊角落的谈话中，在热闹的晚宴上，或者在报纸的版面上，这几乎是不可能的：不存在具有严谨性、客观性、公正性、诚实性的问题。美德是一种修辞上的障碍，它在辩论中是无效的。一些聪明人看到了任何讨论所具备的空洞性，于是选择了恶作剧，通过悖论和冷幽默来暗示复杂性。为什么不呢？毕竟这是一种生存方式。

"人们通过语言和思想简化世界，所以就拥有确定性，而拥有确定性是这个世界上最强烈的快感，远比金钱、性和权力加起来更强大。放弃真正的智慧是获得确定性而付出的代价，它总是我们意识的银行里一笔无形的开支。因此，我还是更喜欢那些不以理性的外衣为掩饰，并肯定自己信仰的虚构性的人，当然还包括那些接受了自己的信仰只是一种信念，而不是凌驾于现实事物之上的真理的信徒。

"中国有个成语，叫作'自以为是'，完全适用于知识分子。知识分子相信自己智力超群，因为他使用了他的大脑。砌砖工人使用他的双手，但他也有一个大脑可以告诉他：'嘿！这堵墙不直，另外，你忘了在砖块之间放水泥。'在他的工作和他的理智之间有一个来回往复的过程。用理智来工作的知识分子没有这样的来回，他的手不会跳出来告诉他：'嘿，伙计，你错了！地球是圆的。'知识分子缺乏这种来回的移位，所以他自认为可以对所有事物发表明智的意见。知识分子就像一个钢琴家，因为双手使用得灵活，就自然而然地觉得自己有天赋成为一个天生的扑克牌玩家、拳击手、神经外科医生和画家。

"知识分子显然不是唯一受智力影响的群体。通常，当有人一开始就说：'这不是危言耸听，但是……'那就是要危言耸听了。所以我实在不知道怎么说出那些可能会被认为是居高临下的话。我相信，智力是一种全民共享的美德，没有阶级区分：在历史教师、布列塔尼渔民、作家和打字员当中，聪明人占有同样的比例……这些都是我与脑力劳动者、思想家、教授、愚蠢的知识分子，同时还有那些虽有智慧，却没有经过制度化的证书认可的普通人相处时得出来的经验。我不能再说什么了。更令人心生疑虑的是，科学研究是行不通的。想找到一个聪明有远见的人，并不能依赖文凭，没有智商测试可以揭示人们称之为常识的东西。我想到了《全金属外壳》的编剧迈克尔·赫尔在米歇尔·西芒[1]关于库布里克的那本精彩至极的书中所说的话：'人们的愚蠢不是因为他们缺乏智慧，而是因为他们缺乏勇气。'

"我们可以承认的一件事是，经常阅读伟大的作品，使用自己的头脑，阅读天才的作品，如果这样做

---

[1] 米歇尔·西芒（Michel Ciment，1938—），法国影评人，著有多部电影相关专著。

实在不能让你变聪明,那就会让你的处境变得更危险。当然，也有人会读到弗洛伊德、柏拉图的书，他们会知道如何与夸克打交道,懂得分辨游隼和红隼的区别,同时他们也会变成傻瓜。尽管如此，通过与大量的刺激潜在地接触，让一个人的头脑经常处于丰富的氛围中，智力便找到了成长的沃土，正如疾病的发病模式一样。因为，智力就是一种疾病。"

最后，安托万宣读了结论。他合上笔记本，用一副学者的神情看着他的朋友们，像是在一群杰出的、惊讶不已的同事面前，对一个巨大的科学奥秘进行了无情的揭示。

　　甘加发出的笑声持续了整整一个晚上，坐在后桌的一个冰岛人递给他一包烟，似乎甘加呱呱的笑声在冰岛语中意味着："你有烟吗？"因此，每次他一笑，就有一个友好的冰岛人递给他一支烟。鲁道夫指出，安托万不必强迫自己变笨；夏洛特深情地握住安托万的手；阿斯用那双惊奇的大眼睛看着他。

　　安托万简洁而又不失感人地说，他会忍不住去思考，尝试去理解，这让他很痛苦。如果学习能给他带来淘金者的乐趣就好了……但是，他发掘的黄金却有着铅的颜色和质量。他的思绪没有一丝喘息的余地，无休止的质询使他无法入睡，疑虑和愤慨在半夜将他惊醒。安托万告诉他的朋友，在很长一段时间里，他没有做过梦，哪怕是噩梦，因为脑海中的念头挤占了他的睡眠空间。他想法纷杂，思绪膨胀，因而活得浑浑噩噩。他现在想变得略微无知一些，对原因、真理、现实都可以视而不见……他已经受够了这种敏锐的观察力，这使他对人际关系产生了愤世嫉俗的印象。他想活着，不去理会生活的真相，只是单纯地活着。

他提醒这几个因为他的酒鬼和自杀计划而困扰、担忧的朋友，变笨是他最后的救赎。他还不知道该怎么做，但下定决心要全身心地投入到变笨的事业中去。他希望在他不含酒精的酒中加入一点水，使其变得柔和起来，摆脱那些我们称之为真理的奇怪偏见。安托万并不想成为一个彻头彻尾的傻瓜，而是想在生活的混沌中稀释自己的智慧成分，让自己不要总是分析、审视一切。一直以来，他的思想如同一只眼神尖锐、爪牙锋利的鹰。现在，他想教它成为一只高贵的仙鹤，临风翱翔，享受阳光的温暖和山水的秀美。

这不是要平白无故地丢掉理智，参与社会生活才是目的所在。他总是试图找到每个生命背后的驱动力，他知道在意见的选择上，自由意志的空间有多么狭小。让·雷诺阿[1]曾说过："世界的不幸在于每个人都有自己的理由。"安托万的部分痛苦便自此而来——他生活在让·雷诺阿所说的这种悲惨统治之下。他套用了斯宾诺莎[2]的惯用句式："不要哀叹，不要嘲笑，不要憎恨，要理解。"就算是那些想伤害他、使他屈服的东西，他也试着不去妄加评判。安托万是那种敢于给鲨鱼做牙套并试着把它塞进鲨鱼嘴里的人。然而，就算他试图去感同身受，也绝不是用那种居高临下地宽恕一切的宗教方式。也许夸张一点说，他在自由和选择的外表下看到了一台以人类灵魂为食而必然存在的机械化的机器。同时，当他想要像对待别人一

---

1 让·雷诺阿（Jean Renoir，1894—1979），法国知名导演、编剧和作家。

2 斯宾诺莎（Baruch Spinoza，1632—1677），荷兰哲学家，与笛卡儿和莱布尼茨齐名。

样客观地对待自己时，发现在他试图理解一切的过程中，他学会了不去生活，不去爱。这种理智上的极端公正可以看作是对投入生活并在其中占据一定位置的恐惧。他意识到了这一点，这也促成了他的决定。

　　"但是，"他补充说，"真理就像雅努斯[1]，有着两副面孔，到目前为止，我只生活在它的阴暗面，而我要走向它光明的那一面。忘掉理解的本能，对日常生活充满热情，相信政治，购置漂亮的衣服，关注体育赛事，梦想拥有最新型号的汽车，看电视新闻，敢于讨厌一些东西……还漏了一点，那就是对一切事物都感兴趣，却又不热衷。我没有评价对错，我只是想尝试一下，在这个被称作'公共舆论'的伟大精神中交流，没错，交流。我想和其他人在一起，不是为了理解他们，而是想像他们一样，融入他们，分享同样的东西……"

---

1 雅努斯，古罗马神话中的门神。

"你的意思是，"甘加嚼着药用种子，慢慢地说，"你的意思是你试着去变聪明是一件蠢事，你完全搞反了，实际上变得有点笨才是智慧……"

"我们很喜欢你这样的人，你有点复杂，但……你是个了不起的人。如果我是异性恋……"夏洛特说。

"而我，夏洛特，"安托万回答说，"如果我是丹麦人，我会向你求婚。听着，在我看来，一定程度的反社会性一直是世界上最正常的事情，与社会发生矛盾甚至是一件好事。我不想被完全同化，但也不想被分解。"

"你必须找到平衡点。"甘加说。

"是的，"夏洛特继续说，"或者说是一种平衡的不平衡。"

侍者给他们端来了几碗暗绿色的浓汤，还有几个装满了浑浊液体的玻璃杯，红色小浆果浮在液体表面。这五个朋友对他们的食物既感兴趣又满怀警惕。侍者从喉咙里发出一串辅音，一定是"祝您用餐愉快"之类的意思。阿斯用俳句的形式询问安托万，如果他完全迷失自我，有一天被人发现成了一个电视节目主持人，这样是不是也一点危险都没有。安托万回答说，这是一次冒险，而人类伟大的冒险都伴随着风险，麦哲伦、库克船长、乔尔丹诺·布鲁诺[1]就是例子。直到现在，他自己还生活在飓风眼里，那里被最猛烈的风暴包围着，静谧而又孤独。他想离开这个被诅咒的巢穴，越过这道毁灭性的旋风帷幕，来到世俗的世界。

安托万的朋友们为他感到担心和难过，他们安慰他，让他保证不做傻事，最后成功说服他去找他的医生，同时也是他的知己埃德加征求意见。

---

1 乔尔丹诺·布鲁诺（Giordano Bruno，1548—1600），欧洲文艺复兴时期意大利思想家与哲学家，"日心说"的支持者。

埃德加·瓦波尔斯基医生的诊所位于二十区比利
牛斯街一栋漂亮建筑的四楼，挨着甘贝塔广场。安托
万从两岁起就开始找他看病，除了埃德加，他从未找
过其他医生。

　　埃德加是一名儿科医生，但没有人像他那样了解
安托万。由于他们已经来往了二十三年，关系比较亲
密：他们互相用名字称呼对方，而且因为他们对斯特
拉斯堡大道上的一家老电影院布拉迪有着共同的热
情，因此时不时一起出去玩。

　　从二十岁开始，作为唯一一个不是带着孩子来的
成年人，他在候诊室里等待的时候，场面变得非常尴

尬。父母们的视线越过杂志，悄悄地打量安托万，小孩们则紧盯着他。无论他在单身女性身边坐得有多近，他没有孩子的事实最终都会被暴露出来。这就是为什么他总是借用邻居的孙子，或者其他任何他能带来的孩子。那天，他找到了小科拉莉，他住处大楼门房的女儿，但她对于帮安托万找托词这件事毫不上心。

埃德加打开候诊室的门，脸上戴着一个外科医生专用面罩。他把安托万和科拉莉领进屋内。房间看起来和其他医生的诊所没什么差别，浅褐色墙壁上挂着他的证书，书架上放置着一些大部头书籍，这些书想必是用吃金子长大的牛的皮装订的，做工精致漂亮。好像门口处的铜牌还不够一样，诊所里面还传递着一种医师的技能已得到认证的讯息，颜色和家具都让人觉得很严肃，任何走进来的人都会被这种庄严的气氛所震撼，感受到万能药的支配气息，除了服从它之外别无选择。很多时候，去看医生会自然而然地迫使人放弃对自己的主权：我们变得身不由己，把自己的身体和功能障碍全部交给疾病学的巫师们。医疗机构的装饰品与通灵者的诡屋，或者伊斯兰教隐士的隐士墓所用的神秘饰品之间具有非常惊人的相似性。一个富于批判的活泼的头脑可以比较这两种环境：在医疗用品和焚香这两者的气味中，我们会发现同样的意图，以及对客户心理留下的同样的影响。但埃德加的办公室稍有不同，因为他的墙上挂的是儿童画，地板和办公桌上散落的是涂鸦、玩具和橡皮泥。在他的处方本上写有"超凡战队"四个红色大字，消解了他作为医生所代表的权力。

窗户开着，一股淡淡的催泪瓦斯的味道弥漫在房间里，这解释了埃德加为什么戴着面罩。随着空气重新变得清新起来，他把面罩摘下了。安托万提醒他注意那股味道，而科拉莉则吓了一跳，堵住了自己的鼻子。

"一个有点太顽皮的十岁小孩想偷我的处方。"

"所以你给他用了催泪瓦斯？"安托万愤愤不平

地说。

"他有一根双节棍，"埃德加挥舞着手回答说，"双节棍，安托万！"

"我的天啊，你经常碰到这种事情吗？"

"幸好不是。你好啊，科拉莉，"埃德加在办公桌后坐下，然后说，"是你来看病还是安托万？"

"给他看病，"科拉莉责备地回答，"他都一把年纪了，我还得带他来看医生！"

"我付钱给你，科拉莉，"安托万说，"而且相当丰厚。"

"两个巧克力面包和《首映》杂志……我要提高我的收费标准。毕竟，通货膨胀也应该会影响人际关系。"

"科拉莉，你妈妈让你看报纸的财经版面吗？这简直太不可思议了。"

"你要习惯，这是新一代人。那么，安托万，你怎么了？"

安托万在包里一堆乱七八糟的书、报纸和文件中一通翻找后，从中取出一张人脑横截面图的复印件，放在桌子上。他拿着埃德加的万宝龙钢笔，指着大脑的各个区域。

"高级认知功能是由新皮质提供的，这一点大家都同意，对吗？"

"是的……你又要胡编乱造些什么？你想说什么？你决定成为一名神经外科医生了吗？"

"这里的前额叶，"安托万圈出了相关区域，继续说道，"确保了自我结构和认知功能之间的交流……"

"说得很好，安托万。我是一名医生，你教不了我什么东西。你说的这些我都懂。"

"好吧，"安托万说，他仍在研究他的示意图，"我在想，你可以切除我的部分大脑皮质，或者如果你愿意的话，切除一个额叶，像这样……"

埃德加疑惑地看着安托万把他大脑中要切除的部

分潦草地画了下来。他皱着眉头，盯着他的这位朋友和病人。科拉莉正在房间后面的沙发上看她的电影杂志。

"天哪，你到底在说什么？"埃德加说着，猛地从椅子上站起来，"我不会听你的。你已经丧失理智了，你是完全变傻了还是怎么了？"

"我愿意，"安托万非常认真地回答，"这是一切的意义所在。我……"

"你想让我给你做脑叶切除手术？"埃德加吓坏了，打断了他的话。

"实际上，我认为做个半脑叶切除术就够了：我还指望能划下火柴，打开冰箱，但要避免《飞越疯人院》那种情节发生……无论如何，你是医生，做你认为最好的事。"

"最好的选择是把你关进精神病院。你到底怎么了？"

"不，不，不是你想的那样……我是在精神状态绝对健康，身体机能处于最佳状态的情况下，才要求你做那些事情。我给你开一个免责声明。我已经考虑了很多，是凭着灵魂与意识做出这个决定的。这不是我的第一选择，我现在就告诉你，之前我想变成一个酒鬼并自杀，可惜都没有成功。"

"你想自杀？"

"简直是一场灾难。我们不要谈这个问题了。"

埃德加绕过桌子，在安托万旁边坐下。他把一只手搭在安托万的肩膀上，神情中满是对他最熟悉的病人、最亲密的朋友的关怀。

"你是不开心吗？到底出了什么问题？"他担心地问。

"到处都是问题，埃德加。不过别担心，我正在寻找解决方案。我觉得最好的办法就是变笨……"

"什么？"

"你能帮我一个忙吗？描述一下我。如果你要告诉别人关于我的事，你会说什么？"

"我不知道……你才华横溢，聪明，有文化，对一个词的两种含义都会充满好奇，讨人喜欢，风趣幽默，也有点容易分心，优柔寡断，焦虑不安……"

随着这位儿科医生一个个罗列出他朋友的特征，安托万的脸色变得阴沉下来，仿佛这是他所患上的重病清单。

"这是过分的恭维，嗯，应该是这样，但我的生活是地狱。我认识很多愚蠢的、头脑不清的人，他们自负又有偏见，是完美的傻瓜，但他们很快乐！啊，我要得溃疡了，我已经有几根白头发了……我不想再这样生活下去了，我不能。在仔细研究了我的情况后，我推测我无法很好地适应社会是因为我那酸腐的智力。它从未放过我，我也没有将它驯服，它把我变成了一座闹鬼的城堡，黑暗、危险、令人不安，被自己饱受折磨的心灵所占据。我深受其扰。"

"即使你的智力是你问题的根源，我也无法完成你对我的要求。作为一名医生，我不能这样做，这有违道德。而作为一个朋友，我不想去做。"

"我不能再思考下去了，埃德，你必须帮助我。我的大脑整日整夜都在跑马拉松，它像仓鼠转轮一样不停地旋转。"

"很抱歉，我不能这么做。我搞不明白你这个人：你很棒，很独特，你没有意识到你有多幸运。你必须学会做自己。过一阵子，等你平复一点，重新振作起来，我们会找到一个帮你摆脱困境的解决方案，让你的生活有起色。"

"改善我生活的方法就是让我变笨。"

"别傻了。"

"所以我选择了正确的道路。我们就不能把我的一些神经元取出来吗？有器官库、血库、精子库，肯定也有神经元库，对吗？这样一来，那些拥有过多神经元的人就可以把它们送给缺乏的人。再说了，这不失为一种人道主义姿态。"

"不，没有这种东西，安托万。我很抱歉。"

"那么我可以做什么呢，埃德？我会变成什么样子呢？为什么我会与众不同？我想要生活的平庸，想要循规蹈矩，只做万千蚂蚁中不起眼的一个。"

安托万说话的时候，在人脑横截面图上涂涂画画；他在示意图的四周画满了蚂蚁，还有一只看起来很像他的大个头蚂蚁。

"你还记得我十岁生日时你送给我的那本书吗？"

"《扑通先生》？"

"是的，就是这本。在他的冒险中，发生在他身上的全是坏事：出门时赶上下雨，四处撞到脑袋，忘记烤箱里的蛋糕，丢失所有的东西，总是错过公共汽车……这是为什么呢？因为他是扑通先生！埃德加，我有一种感觉，我正在成为扑通先生……扑通先生就是我！"

泪水顺着安托万的脸颊滚落。埃德加抱着他，拍了拍他的肩膀，他因此咳嗽了好一阵。埃德加从抽屉里拿出一些糖浆，给安托万喝了两勺，然后给了他一块特趣牌巧克力。安托万贪婪地咬着巧克力棒，眼睛哭得干涩，整个人逐渐恢复了平静。

"你有没有想过去看心理医生？"

"我去看过一个心理医生。"安托万举起双手无力地说。

"然后呢？"

"据他说，这一切都再正常不过了：我没有心理疾病，一点也没有……你知道他对我说什么吗？'享受生活，年轻人，放轻松，别再自寻烦恼了。' 他是在哪个精神分析学派学习的，才会这样说？汤姆·琼斯[1]思想学派？"

"好吧，我的建议是，"医生说，"给你开一些快乐扎克[2]。一般来说，我反对这种药物治疗，但你

---

1 指名著《弃儿汤姆·琼斯史》的主人公汤姆·琼斯，他性格轻率、容易冲动。
2 "快乐扎克"是作者的一个文字游戏。原文"Heurozac"，是从法语形容词"heureux"（快乐的）变形而来的自造词。

的自杀企图、酗酒、你的状态，让我不得不考虑这种手段。不过，这并不能解决任何问题，它治不好你。"

"我只是想少思考一点，埃德。"

"快乐扎克具有镇静和抗抑郁的作用，这正是你所需要的。这有一定的风险，所以你必须每个月都来找我，以便我继续或中断你的治疗。"

"有一定的风险？什么风险？"

"药物通常出现的轻微副作用：黏膜干燥，可能出现头晕、疲劳……最重要的是，这会形成一种让人愉悦的依赖性。你必须阅读说明书，并按照剂量服用。"

"有了这个，"安托万满怀希望地问道，"我会少想一些吗？"

"我向你保证，你几乎会变成一具僵尸。生活会显得更加简单美好。当然，这都不是真的，但你意识不到这一点。你必须明白，这些只能是暂时的。"

"太好了，"安托万说，"你说得对，最好不要有一步到位的东西。我有点忘乎所以了。我把它当成一条救生圈，你知道，它会帮助我一段时间，之后我就能自己处理了。"

他们又交谈了几分钟，聊了聊各自的家人、朋友，还有电影院。安托万经常有问题要问埃德加，他认为这些问题在埃德加的医学能力范围之内。喝碳酸饮料为什么会打嗝？指甲为什么会生长？人为什么会打喷嚏、为什么会打嗝？为什么粉笔划过黑板或叉子划过盘子的声音会让人不愉快？写好处方后，埃德加和安托万热情地握了握手。像往常一样，安托万想付问诊费，而埃德加拒绝了。科拉莉和安托万离开了诊所。

他的单人公寓位于蒙特勒伊一栋老建筑的第九层。在初中和高中，安托万遭受了制度化的羞辱——与其他不适合体育活动的同龄人一起，在足球队和排球队的选拔中总是排在最后。他不得不忍受同学们的责备和嘲弄，对他们来说，体育课与学习无关，而是与竞争有关，所以安托万并没有培养出对运动的兴趣。但是，任由这种消极的经验摆布而不去锻炼，也让他感到心烦，于是，他决定在高楼层租一间单人公寓，这将迫使他使用假想出来的肌肉。等实践起来，就会发现太累了。他在八楼的邻居叫弗拉德，是一个性格友好的摔跤冠军。由于他必须一直训练，举哑铃，锻炼肌肉，他向安托万提议要把他举回家。于是安托万试着和他同时到达楼梯底部，这样弗拉德就可以把他扛到八楼。据弗拉德说，安托万的重量和一条毛巾差不多，所以只要他在洗澡后不把安托万当成毛巾来擦自己就行……弗拉德身高一米八，体重肯定有一百二十公斤，他非常强壮，有一次他忘记安托万还在肩上，回家后就开始准备晚餐。

这不是什么精致的单人公寓，它甚至相当破旧：暖气片、绝缘材料、管道、电，全都不能正常工作。然而，这也远远超出了安托万的财力。起初，他靠学生住宿补助和接到的将《追忆似水年华》翻译成阿拉米语的工作来支付房租。但自从出版商出人意料地破产，该项目被放弃后，他的手头就变得非常紧。囊中羞涩之际，他曾设想过一个金融医院的存在，那里可以为贫血的银行账户打点滴。安托万曾与他的银行顾问谈过这个问题，但后者似乎把银行视作私人诊所。

为了实现人类的分类，安托万做了一个通用的明细表，根据袜子的标准来确定财富的程度。第一类，最贫穷的人，他们没有袜子；第二类，中等贫穷的人，他们的袜子上破了洞；第三类，最富有的人，他们的袜子没有破洞。安托万属于第二类。他的收入主要来自他在巴黎第五大学代课的工资，根据不同的月份，其数额从一千到两千法郎不等。此外，由于他的名字和别人的搞混了，他还非法获得了最低生活保障津贴：在大学的文件上，他是安托万·阿拉康，而在工商就业协会，他是用他的缅甸名字登记的，一个他在日常生活中从未使用过的名字，"苏卢"。除此以外，他偶尔也会打一些零工。比如最近，他在一部动物纪录片中为长颈鹿一家的叫声配音，那部纪录片的录音带已经丢失。他的父母从布列塔尼给他寄来了一些钱和几箱吃的。这是亚洲和布列塔尼特色美味的惊人组合。每个月都会有一个重重的冷藏箱运来，里面装着鱼肉越南春卷、蛤蜊越南春卷、盐角草米纸卷、扇贝饺、鱼露荞麦薄饼、法式火焰薄饼、煎饼包饭……他的朋友甘加也帮助过他，如果不是安托万拒绝被供养，甘加恐怕还会出更多的力。

安托万每个月的生活费都低于法国最低月工资标准，尽管如此，他还是可以一直待在这间单人公寓。怎么办到的？因为他不用再支付租金。这又是为什么？因为房东布拉莱尔先生有阿尔茨海默病。

安托万不太确定那是不是真的阿尔茨海默病。不管怎么样，布拉莱尔先生什么都不记得了。九月初，安托万要陪他去医院做进一步检查。布拉莱尔先生没有家人，所以安托万照顾着他。一个偶然的机会，他才意识到房东得了阿尔茨海默病。安托万没法每个月都交房租，所以他蹑手蹑脚地沿着墙根走，尽可能地保持隐蔽。然而有一天，布拉莱尔先生抓住了他。安托万以为他要命令自己打包行李走人了。但是他双眼空洞地盯着安托万，抓着安托万的手臂，低声说：

"你住在这里吗？"

"是的，先生，在九楼。我很抱歉，这个月我遇到些麻烦，我忘了……"

"你忘了什么吗？"他天真而惊讶地问道。

布拉莱尔先生通常要求租客每月一号支付租金，早上七点整，必须将信封塞到他的门下。哪怕安托万只晚交几个小时，布拉莱尔先生也会敲他的门，并威胁他要报警。

"唔，不，"安托万满头大汗地回答，"我忘了跟您打招呼，您好……"

"你好，"他喃喃地说，"你住在这栋楼里？"

"是的，先生。在九楼。"

这里出现了一个微妙的良心问题。安托万可以放任布拉莱尔先生的病情恶化下去，从而继续住在他的单人公寓里。或者，他可以照料起这个曾经脾气暴躁、从来不给人好脸色的无情房东。他的善良天性占了上风。安托万悲哀地想，他必须变得自私，漠视道德，才能在这个世界上生存下去。

他带着房东去看医生。医生不好立刻给出诊断，说是要确定布拉莱尔先生的病，还需要时间和做一系列检查。

"有机会治好吗？"

"这很难说，"医生说，"他的记忆已经残缺不全了，你必须照顾好他。他意识清楚，但无法掌握近期的情况。"

安托万像照顾一位老叔叔一样照顾他。当他在走廊里迷路时，安托万就把他带回他的公寓；安托万还给他做了一张写着住址的卡片，放在他的钱包里，以防他在市里迷路；安托万甚至帮他买东西，从其他房客那里收钱，并把钱存入老人的银行账户。布拉莱尔先生仍有清醒的时期，在此期间他记得一些事情，特别是安托万不再支付房租这件事，但这段记忆并不会持续太久。安托万曾在《世界报》上读到一篇文章，上面介绍了对脑部退行性病变的医学研究进展：帕金森病……一方面，他为布拉莱尔先生感到高兴，另一方面，又为这一科学进步可能导致他被扫地出门而感到焦虑。科学家们并没有意识到他们的研究发现还会产生医学之外的影响。就算房东的病最终被治好，安托万也不指望他会抱有感激之情：老人会注意到账本上所有未支付的租金，但不会记得安托万所给予的丝毫帮助。

在埃德加诊所咨询后的第二天，即七月二十五日，安托万开始服用那种让他免受自己思想迫害的药物——快乐扎克，剂量为每天一片。安托万主动将其加倍，他要的是一种灵敏而快速的效果，而不是表面作用的安慰。效果会在几天后显现出来，安托万正好需要这段时间来用他的聪明才智为新生活做准备。

第一步，他向巴黎第五大学递交了一封辞职信。两年来，他每周都要讲一个半小时的课程，内容是塞涅卡的讽刺剧《神圣克劳德的南瓜化》（意思是"变成了一个南瓜"）。此外，他偶尔也会代一些其他科目的课——他在这些领域的知识很扎实：生物学、昆虫学、阿拉米语修辞学、电影。他在许多科目上的专业知识，足以在短时间内替代生病的教授，但因为过于片面，无法让他真正掌握一门学科，也没有希望获得教职。

第二步，他戒掉了任何可能刺激他思维的东西。他把他的书放在箱子里，有数百本小说、理论著作、字典、百科全书、他的唱片、几公斤的课本，海量的知识，科学、历史和文学杂志……他从他风格独特的房间墙上取下了电影海报、他所崇拜的英雄的画像以及伦勃朗、席勒、爱德华·霍珀、宫崎骏的绘画复制品。阿斯、夏洛特、弗拉德和甘加帮他把箱子搬到了鲁道夫的家里。鲁道夫很高兴能像安托万所说的那样，暂时回收这些文化珍宝。

第三步，他的公寓被搬得空空荡荡，他想不明白自己是如何在这么一丁点的空间里储存那么多东西的。他现在要用有助于精神平静的无害的东西来填满这个空间。在饶有兴趣地拜访了几个他认为对智力的免疫防御能力极强的邻居后，他才注意到一个适合他新生活的完美环境是由什么构成的。在他看来，教授阿兰和记者伊莎贝尔这对邻居夫妇就是一个发人深省的案例，他们一生致力于摒弃智慧。他已经观察了他们很长时间，并打心眼里佩服他们。他们生活得如此投入，身上的愚蠢闪闪发光，各有细微差别：有纯粹的愚蠢，也有天真的愚蠢、快乐的愚蠢、让人充满成就感的愚蠢，还有一种对于他们和周遭的人来说十分美好，不掺杂一丝刻薄或危险气息的愚蠢。阿兰和伊莎贝尔带着一种设身处地式的认真，建议安托万把他的房间添置妥当，他们严肃的态度让人发笑，却又让人极其着迷。安托万找来一台旧电视，放在屋子正中间，作为他决心的象征。他把《狮子王》、跑车和性感年轻女郎的海报贴在墙上，还贴了一些流露着博学气质的男女演员的照片，以及阿兰·曼克[1]和阿兰·芬

1 阿兰·曼克（Alain Minc, 1949—），商人、作家，曾是法国前总统萨科齐的顾问，获得法国荣誉军团勋章。

基尔克罗[1]等伟大知识分子的照片。起初，他很震惊，这种枯燥的环境让他感觉浑身不适。他向自己保证，凭借快乐扎克的化学作用，一切很快就会显得美好起来。阿兰和伊莎贝尔建议他听一些对他的神经来说安静无害的唱片，以电钢琴压缩器上的琴槌锤击为基础的当代音乐，以及全球通俗民乐的专辑。

终于，他觉得他的公寓对他放松下来的大脑完全构不成威胁了。但是安托万知道，即使外界都跟风学他，他也不奢望能完全消除社会上存在的些微的文化和知识危险。

安托万把夏洛特、甘加、阿斯和鲁道夫喊到他大变样的新家，一起吃了一些冰岛点心。桌子上摆满了北欧美食：酥油茶、企鹅形状的软糖、草本馅海豹油脂炸糕……安托万重申了他要变笨的决定，至少在一

---

1 阿兰·芬基尔克罗（Alain Finkielkraut, 1949—），犹太裔法国哲学家、法兰西学术院院士。

段时间内做个傻瓜，以此分散他过于专注的意识。两害相权取其轻，他的朋友们不情愿地表达了支持。安托万让他们不要谈论一些宏大的话题来刺激他，而是闲聊些别的事情，聊聊天气，说说他之前一直忽视的琐碎小事。

"所以说，我们的象棋游戏已经过时了？"甘加问安托万。

"就目前而言，是的。但我建议你用我邻居介绍的另一种游戏来代替，就是人们说的'大富翁'游戏。游戏的目的很简单：你必须赢钱，要机灵，表现得像一个傻瓜资本家。这个游戏吸引力十足。它的作用是要教会我什么是自由主义道德，甚至通过其趣味性让我转变为一个自由主义道德者。我将坦然接受今天我所谴责的一切，将其看作一个简单的游戏，不去担心什么后果，也不去担心害得众多家庭流落街头的高额租金。我将成为一个自私自利的小气鬼，一心扑在钱上面，除了尽可能地多赚钱之外，不关心其他麻烦事和沉重的存在问题。"

"那你恐怕会成为一个真正的混蛋。"夏洛特评价说。

"做一个真正的混蛋是治疗我的病的好办法。我需要一种激进的治疗方法：做一个混蛋就是给我的智力做化疗。这是我会毫不犹豫去承担的风险。但是，如果六个月后，你发现我作为一个混蛋做得太过火，就干预一下吧。我的目的不是要变得愚笨和贪婪，而是要让那些分子在我的体内循环，净化我过于痛苦的心灵。但在六个月内不要管我。"

阿斯用一首美丽的十四行诗警告安托万，他有可能失去自己的人格，有可能被这些任由其渗透的毒药所玷污。

"这也是一种风险。特别是比起生活在智慧的枷锁下，变笨会带来更多的快乐。人会更加幸福，这是肯定的。我不应该保留愚笨的感觉，而应该保留一些像微量元素一样的有益成分，任其在体内游走：幸福，一定的距离，不受同情心影响的能力，一种生命的轻盈、心灵的飘然。一种漫不经心的态度！"

"我明白，"鲁道夫说，"我把它称为鲨鱼理论。像箭毒或毒鹅膏菌一样，鲨鱼有着致命的危险，然而人们在它的组织中发现了某些化学成分，可以用来制造治疗癌症的药物，拯救生命。总之，通过变得愚蠢，你可以有这么一次机会展露出惊人的智慧。你认为我这样的说法阴险吗？"

"疫苗的原理也是一样的，"夏洛特继续说，"你或许能够治愈自己，让自己获得免疫力。"

"前提是我没死的话。"安托万说，他笑着用手捋了捋脖颈，隐约有些担心。

夏洛特接下去道："或者说，如果你没有变得蠢到不可救药的话。这将比死亡更糟糕。"

在绝望的天真中，安托万将愚蠢想象成一个无垠的宇宙，为他的生活提供一片没有大气阻力的空间：他将按照他的椭圆轨道在星星和行星之间漂浮。

安托万面临的最大问题，是要在那些混杂着岩石和矿石的奇妙矿场中发现隐藏着的愚蠢的钻石。指出几个蠢人，看破周围普通的几件荒唐事，这毫不费力，但大多数时候都是在掩饰自己的价值判断。如果我们说足球、电子游戏、媒体在本质上是愚蠢的，那就很容易了。但是，对安托万来说，很明显，愚蠢更多的是体现在行动或考虑事情的方式上，而不是在事情本身。同时，有偏见是愚蠢的，所以安托万发现这是他新生活的一个良好开端。

　　快乐扎克开始起作用了。安托万更加放松，疑虑和恐慌已离他而去。在他的大脑和神经系统中发生的炼金术，正在将现实的铅块转化为明亮的、金灿灿的鲜艳粉末。

以前，所有的疑问和原则在他的头脑中纠缠不清，妨碍了他的生活。例如，为了不参与到耐克等跨国公司的亚洲工厂对儿童的剥削，他对自己购买的所有衣服都进行了来源核实。由于广告是对自由的攻击，是对消费者及其想象力和潜意识的剧烈冲击，他把所有参与这种心理战的品牌和产品的名字记在笔记本上，在采购时绕开它们。他还记录了在某些国家投资的那些应受道德谴责、污染严重的公司，或在利润飙升时裁员的公司。他也不买化学食品，不买含有防腐剂、色素、抗氧化剂的食品；在经济条件允许的情况下，他更愿意购买有机农产品。与其说他是一个环保主义者、和平主义者、国际主义者，不如说他只是凭良心做了正确的事情，他的生活行为是道德观念的结果，而不是政治信念。在这一点上，安托万具有消费社会的殉道者的某些特征。他可以很清楚地看到他不妥协的态度是多么接近基督徒的苦修。这让他很尴尬，因为他是一个无神论者，却只能表现得像个世俗的、叛教的基督。安托万尽量不对自己隐瞒任何事情，他告诉自己，也许这种痛苦的，甚至是以苦为乐的清规戒律，是他表达自己作为第三世界的剥削者——一个男性西方人的罪恶感的方式。像所有清醒的神职人员一样，他有一些严格的原则：拒绝跌进迫使消费者定期更新最流行设备的新技术陷阱。因此，他拒绝购买激光唱片，对他的老式唱片机和黑胶唱片的出色技术感到心满意足。

不幸的是，做一个有责任感、有人性的消费者是要付出代价的。安托万买的所有东西都要贵上很多。由于他的道德观和强烈的责任感，他的衣服很少，经常忍饥挨饿。但他从未抱怨过。

在快乐扎克幻化的化学太阳下，安托万重新发现了这个世界。他看着世间的一切，仿佛以前从未见过一般。之前，风景、空气、街道、人们以及整个现实都受到战争暴力、失业、疾病和大多数人生活不幸的影响。他在欣赏太阳的同时，不禁想到非洲的那些人，对他们来说，这种炽热的威严是庄稼焚毁和饥荒的代名词。他无法欣赏雨，因为他知道季风肆虐给亚洲带来的死亡和破坏。车流在他敏感的脑海中勾勒出道路上成千上万死伤者的形象。报纸上一连串的新闻标题全是有关灾难、谋杀和不公正待遇的，正是这些奠定了他眼中天空的颜色，他一天的温度，他呼吸的空气的质量。

自从服用了他的小红药片后，世界及其造成的深远后果之间诞生了一道密不透风的隔阂，这种完全的隔绝拯救了他的生命。

这并不是说他不关心濒危物种的命运，也不是说他不再为世界的苦难、恐怖暴力、战争、社会不平等——他自己也是受害者——所触动，而是他已经成为一个现实主义者。他发现贫穷和各种暴力令人悲痛、难以承受，这真的很可怕，但是……好吧，他又能做什么呢？他没有独自力挽狂澜的手段。一种真诚的同情取代了痛苦的共鸣。

安托万去散步，享受着行走和观察的简单快乐。当感受到我们心脏的跳动、我们的一呼一吸时，一种令人激动的喜悦油然而生。他在蒙特勒伊公园呼吸着清晨的空气，睁大眼睛看着这个世界的现实，欣赏着知更鸟，却没有联想到它们的寿命因污染而大幅缩短。他欣赏穿着夏装的年轻女孩的画面，而不去想她们的包里是否有书。他对这个世界如其所是地照单全收，享受着它的自由乐趣，而不再去深究什么。

为了表现得像个社会上的正常人，安托万邀请他的邻居们吃饭，观看不管什么运动的比赛，看比赛期间，他对那些穿短裤的商人很是迷恋。他变得疑神疑鬼，试着做一些不公正的判断，贬低他人的喜好。他正慢慢地适应正常人的状态，此时他决定进行一场可以见证他成功融入社会的终极测试：去一次麦当劳。以前他从未想过要进入这个帝国资本主义的巢穴，它是脂肪和糖分的供应商，生活方式同一化的标志。但他已经脱胎换骨了。

他选择了离家几分钟的蒙特勒伊的麦当劳。在他生命的前一个时代——如永恒般久远的四个月前——安托万曾对自己说，如果不是反对一切暴力行为，他原本很想在那家麦当劳安放炸弹。但他随即放弃了，那里有学生和被剥削的雇员在工作，伤害他们并让他们失业是不公平的。

这座建筑宽阔高大，色彩斑斓，张贴着的海报吸引人们花上区区少量的费用来轻松享受生活。一个大大的黄色"M"贴在快餐店的墙上。一个塑料做的热情的小丑举着手在前门迎接他，脸上露出发自内心的笑容。安托万进入后，向两名保安点了点头，他们无疑是在保护顾客免受强大的薯条大盗团伙的攻击。他走到柜台前。

"您好！"他对面前的年轻女子说。

"要什么？"

安托万被这种人际关系经济模式所吸引：人们不再需要说一些干巴巴的客套话。因此，他克制住自己客气的冲动。毕竟，这种形式更坦率、更真诚。他看了看菜单。

　　他看到发光招牌上的"至尊麦奢侈套餐"，被这种花三十二法郎就可以吃到名字中包含"奢侈"一词的食物的承诺所吸引。

　　"饮料？"

　　"是的，当然，这太好了。"

　　"我问的是你想喝什么？"年轻女子有点恼火地问。

　　"可乐，是的，让我们试试可乐。"

　　为了遵循这个新现状的风俗习惯，他本能地不做任何感谢。他在一张米色桌子前坐下，开始吃薯条，喝掉了三百多毫升的棕色带气液体。他带着好奇的目光看着其中一根薯条，把它浸在番茄酱、芥末酱和蛋黄酱的混合物中，然后咬了一口。几天前，安托万一边吃薯条，一边情不自禁地想到马铃薯的血腥历史，想到了阿兹特克文明以其名义造成的人类牺牲。一种简单的块茎引发了这么多良知的沦丧，这势必会让他无法完全欣赏它。他笨拙地将牙齿咬向三明治，一坨黏稠的馅料掉在托盘上。他不得不承认，他喜欢这样。这种食物不是很健康，包装纸想必也不是可降解的，但它简单、便宜、热量高，而且味道有保证。这种味道让他觉得自己找到了一个没有边界的家族，加入了数百万人同时咬着一个同样的三明治的行列。就像国际编舞一样，在完全类同的胜地，他和其他舞者，也就是消费者做出了相同的动作：付钱、端盘子、吸可乐、吃薯条和三明治。他感到某种快乐，一种自信，一种与他人一样、与他人在一起的新力量。

安托万从来不关心自己的外表。他的衣服还算结实，得穿上一段时间才能穿坏，但他没有钱也没有品位去买新衣服，他最喜欢的商店是罗什舒阿尔大道上的盖里索德二手衣店。至于他的发型，甘加每两个月会进行简单的修剪。

他请了一位理发师给他理发。在一家服装店里，他复制了一个年轻人的选择，这个年轻人看起来好像很有品位，也不担心自己选择的衣服是否是童工制作的。他买了一双耐克，一条李维斯牛仔裤和一件阿迪达斯运动衫。这将是他的休闲装。然后他去了老佛爷百货公司，这在不久前还是一桩难以想象的罪行。他走进这个资产阶级的家禽饲养场，一股社会优越感的麝香香水味笼罩着这里。在一个侃侃而谈、善于推销的卖货员的建议下，他买了一条粗布长裤、一件衬衫和一件夹克，款式精致，"但还是非常非常非常酷，我向你保证……"

为了结束这一天，他请自己在一个专门的厅里玩了一局电子游戏。哦，他没有选择那些找东西、解谜类的智力游戏，没有，他玩的是消灭外太空怪物的游戏。这让他发泄了一番。他希望把今天过得有代表性，这种想法让他紧张不已，如今紧张也一扫而空。他甚至以歼灭这些外星人为乐，他投入到战斗中，仿佛人类的未来真的取决于他手腕的灵敏和手指的精确。他终于成了一名英雄。

夏洛特打来电话。她再次受孕，希望他能陪她去逛游乐场。他们若无其事地谈论着一切，谈论着今年开始得如此之晚的夏天，谈论着无能的政府，谈论着生活的美好。有一刻，她打算告诉他，她加入了一个团队，那个团队承担了克里斯托弗·马洛[1]所有作品的翻译任务。在这阳光明媚的幸福中，坐了两次过山车后，安托万在半空中吐了出来。两颗红色药片还没有消化，就掉进了一摊薯条和番茄酱的呕吐物里。他漱了漱口，又吞下了两颗药片。两个人稀里糊涂地分开了。

在报亭里，安托万看着年轻女性杂志的封面、男性非严肃新闻杂志、男性香水和美容产品的广告及性

---

[1] 克里斯托弗·马洛（Christopher Marlowe，1564—1593），与莎士比亚同时代的英国诗人、剧作家。

感的演员，他意识到自己并不符合理想男人的形象。
Elle 杂志有一期刊载了一项关于女人对男人的幻想特征的调查，他有点失望地发现自己一条也不占。前段时间他还会嘲笑，说这是对男性幻想的自然对应，而他拥有更高的品质。但是，在红色药片的支配下，他没有立即产生欲望，他的感官被削弱了。为了向精装杂志内页上的幻想靠拢，他报名加入了一个宽敞明亮的大型现代化健身房，充满异国情调的植物悬挂在天花板上。他希望能锻炼出时下人们渴望的外形，变得性感起来。

他每天锻炼一个小时，用腿、胳膊和肩膀举起重物，并进行一系列重复性动作。筋疲力尽的安托万在努力中忘记了自己的存在。疼痛、汗水、金属刮擦的音乐和重物在器械上的敲击声，将他变成了一种机械装置，他在这间充满着被铁制外皮包裹的人类机器的健身房内，化作了一个齿轮。

健身房内其他顾客的严肃态度让安托万坚信他活

动的重要性。萦绕在耳边的催眠音乐给这群肌肉的苦囚犯划桨的动作配上了节奏。没有人坦诚地看着对方，一种羞耻感油然而生，那是一种原本没有绝美身材，而不得不用这种汗流浃背的手段来弥补的羞耻。

安托万的身体具有了工业物品式的光滑结实的质感，清晰的线条取代了以前不明显的身体轮廓。他的肚子上有了一些肌肉凸起的效果。他正在变得更加强壮，尽管不知道如何使用这种崭新的力量，但他很高兴看到钢铁从他柔软的肉体中浮现。他欣赏自己新生的肌肉，认为这是其正常生活的烙印，是他符合有效的审美理想的明显标志。他强壮有力，变成大人物了。他意识到，当他弱小的时候，几乎什么都不是。就像乐高积木一样，他的身体完美地得到了世界的认可。他现在就像水中的鲨鱼一样动作流畅，没有什么东西能阻挡他，他的身体和心理一同发生了转变。他的身心不再痛苦，仿佛他终于属于那种不怕溺水的神奇鱼种。他甚至没有注意到，他那小小的、珍贵的羞涩，已经像蝴蝶一样从他的心里飞走了。

安托万不再是孤身一人，他在别人身上看到了自己，就像在照一面活生生的镜子一样，这让他节省了不少力气。

＊＊＊

安托万对身体的变化无动于衷。他感觉到自己的身体里仿佛长满了小鹅般柔软细小的羽毛，流经他的血管，填满他的器官；他的心脏和大脑都溢出了五颜六色的棉花糖。八月一日星期二，他收到了银行的一封信，通知他的账户已经透支。这是他实行变笨疗法以来第一次感到焦虑。由于太过无忧无虑，当他以一种新的欲望放荡地购买一些在几周前看来是多余的东西时，忘记了寻找收入来源。他必须凑到钱：生活是一种靠支票和信用卡为生的野兽。

尽管坐拥阿拉米语硕士学位、生物学本科学位，以及关于萨姆·佩金帕[1]和弗兰克·卡普拉[2]电影研究的硕士学位，还有其他众多的文凭，安托万却没什么希望找到一份与他所受教育相匹配的工作。这种回归现实的冲击已经中和了快乐扎克的效果，因此安托万清醒而痛苦地找到当地的国家职业介绍所。他与其他失业者一起站在充满压力气场的空调房里，等待了三个小时。突然，一个隔间里的人喊了他的名字，却好像没过脑子似的念错了。安托万在那个正在电脑上打字的西装男对面坐下。五分钟过去了，那人才意识到他的存在。之后，那个人问了他一些问题，眼睛自始至终没有离开过屏幕。安托万提到了自己关于异国研究的文凭。

"别提了，"那人说，"你疯了吗？为什么选择

---

1 萨姆·佩金帕（Sam Peckinpah，1925—1984），美国著名西部片导演，暴力美学电影的代表人物。

2 弗兰克·卡普拉（Frank Capra，1897—1991），意大利裔美国导演，奥斯卡最佳导演奖史上获奖次数第二多的导演，被誉为"好莱坞最伟大的意大利人"。

研究这些……这些东西……"

"我很感兴趣。哦，我已经快完成一个学位了，是关于……"

"简直是职业上的自杀，你学习的内容就是让你如何失业！"

"好吧，"安托万说着站起来，"再见，感谢您的帮助和支持。"

"等等，先别这么轻易放弃。你有驾照吗？"

"没有。"

"你没有驾照……真是难以置信。"

"事实上，根据一项研究，"安托万语气嘲讽地解释说，"全世界的石油储备预计在四十年内耗尽，这不值得我在上面浪费钱。"

"你不能这么挑剔，你本身就是备选了。等等，稍等一下。"

这个人只盯着电脑屏幕，给安托万推荐了一些实习机会，还有一些他并不感兴趣的职业培训，而这些工作全是面向穷人的。安托万意识到他就像个乞丐：他别无选择，只能接受他们放在他帽子里的任何东西，硬币、地铁票、餐券、短裤纽扣、已经嚼过的口香糖……这个人埋头奋力给他找着一切工作，也就是说，不管什么活，他在用职业的好意贬低安托万。安托万起身离开，那人根本没有注意到。

安托万想起了一个发了财的高中同学拉斐尔。他在堆着乱七八糟文件的盒子里四处翻找，找到了后者的姓氏和电话号码。当然，拉斐尔不再与他的父母住在一起了。他的父母告诉了安托万他的电话号码，安托万也说不清楚他们这是人好还是老糊涂。

安托万希望拉斐——这是拉斐尔可笑的绰号——能记得他，以及在他们高中学业结束时的讨论中，安托万在进行职业选择时所扮演的角色。

拉斐对自己非常有信心，和每个人都相处得很自在；他确信所有人都喜爱他，而他和这些人有着坦率而直接的交流。他的空气动力学意识让他没有被现实的粗粝缠身而受到伤害，自然就没了痛苦的机会：他在世界中滑行着。拉斐喜欢安托万，觉得安托万很有趣，主要是因为他没有感受到安托万话语中尖锐的批评，最重要的是，他对这个毫不仰慕自己的人物感到很好奇。对拉斐来说，安托万充满了异国情调，是他理解不了的人。至于安托万，坐在拉斐对面吃饭，给了他一个机会不用去听他早就知道无趣的谈话。拉斐是个自我中心主义者，和那些用第一人称谈论自己的人一样：他谈论自己，谈论与他有关的其他人，谈论他们对他的评价，等等。

拉斐正在把一块面包切成碎片，撕开它，把它拧成一团，这是他身上不常见的紧张表现。他把头凑到安托万的耳边，低声说着话，仿佛他们是克格勃食堂里的两个美国间谍。

"我有点麻烦。你能帮我吗？"

"我甚至会发起一次重大的人道主义行动。"安托万直截了当地回答。他不相信这个七十公斤的完美先生真的会有什么麻烦事。

"这个问题和存在很有关系，我知道你很擅长这个。"

"当然，在本体论方面，我有着黑带段位。"

"是这样的，我可以继续选择学习，我已经被最好的预科班录取……接着会走上一条成功之路：巴黎政治学院、巴黎高等商学院、巴黎综合理工学院、法国国立行政学院。或许，之后再加入一个大集团，担任重要的职务，最终成为管理层，又或许，我可以在高级公务员系统中有一番作为……"

"你可以成为总统……"安托万讥讽地说。

"是的，那是肯定的。我会拥有那种光明的未来，但我想要别的东西。我想要冒险，做我热爱的事情。我不希望在生命的最后一刻，告诉自己说我做的一切都成功了，我很富有，所有人都爱我，等等，但唯一说不出口的就是我并没有实现我的激情。我没有告诉父母，因为我不想让他们担心，但我想要抛弃一切，跟随内心的声音。我需要冒险，需要另辟蹊径，我觉得我身上有某种独特之处。我有一个隐秘的梦想，安托万，一种绝对疯狂的激情……"

"这很好，拉斐尔，"安托万惊讶于他的同学会被这种明显不合理的激情冲昏头脑，"非常好，我必须承认，你让我感到惊讶，我以为你更脚踏实地，更野心勃勃。"

"这是我诗意的一面，安托万，我觉得我有一个艺术家的灵魂。你认为我应该行动起来将自己完全托付给我的激情吗？"

"是的，这很明显，放手去做，扬帆起航吧。你需要勇气和耐心，一定要坚持你的梦想，活出你的激情。"

拉斐欣喜若狂。他感动地握着安托万的手，眼中闪烁着感激的光芒。为了感谢安托万，他给安托万端来一杯水。

"顺便说一句，拉斐尔，你没有告诉我你的疯狂梦想是什么……"

"我要创建自己的经纪公司！"

"你说什么？"

"股票、债券、共同基金……我要去做了，安托万，多亏了你，我要给自己赚一座金山！"

最后，拉斐的父母并不觉得这件事有多糟，他们甚至提供了一百万，帮助他的公司起步。从那时起，这个愚蠢的罪行就刻进了安托万的良心里：他制造了一个新的资本家。当拉斐告诉安托万，只要安托万有需要，他会随时伸出援手时，安托万耸了耸肩。但现在他的银行账户快饿死了，而且对于不择手段来赚钱这件事，他不再有任何道德障碍。当一个人意识到自己是在人际关系中遵守道德原则的少数人时，就很容易陷入不道德的境地，不是出于信念或快乐，而只是为了避免痛苦，因为没有什么比在魔鬼遍地的地狱里做天使更让人痛苦的了。安托万打算借用那种通过献祭理想而融入社会的做法；坠入地狱的处境让一切事情都可以被允许、被原谅。

他无法和拉斐直接说话：一位秘书拦住了他，要求他留下电话号码。一小时后，面包店附近的公用电话亭响起了铃声。是拉斐，他很兴奋，很高兴能与鼓励他掌握自己命运的人交谈。

"安托万！如果你知道我有多高兴能和你说话就好了。你和我度过了一段美好岁月，不是吗？最近在做什么？你必须带着你的妻子来我家吃饭，聊聊你的工作，那将再好不过了！"

"我还单身，没有工作。"

电话的另一端出现了片刻的沉默。拉斐从未想过，他个人的成功不会给地球上的每个人都带来幸福。

"这不是问题，你是我的导师，安托万，我会帮你把这些都找到。这是我能为你做的最微不足道的事情。我们必须见一面！"

他们约好在圣日耳曼德佩的大楼里碰头，拉斐的公司就在那里。拉斐在他装饰着大幅电影海报、无比宽敞的办公室里迎接安托万。事情很快谈妥了：拉斐想雇用安托万。

"我对股票市场一无所知……"

"没错，你是新手，但你不会被那些胡说八道影响。我看好你。"

"我应该做什么？"

"很简单：只需要在全世界范围内买卖股票。抓住适当的时机。要感觉到哪些股票在上涨或下跌，要倾听，要给自己的直觉留出空间。这方面，我没有什么可担心的：这一切，我的成功，都要归功于你。"

拉斐自豪地带安托万参观了公司豪华的办公场所，向安托万介绍了他的同事们和咖啡机。公司弥漫着勤勉工作的强烈氛围，但又不失轻松；工作关系很灵活，就像在一个平等主义的社区。克林顿总统被人云亦云的媒体称为"比尔"，而不是他的全名。这样更讨人喜欢，给人留下一种朋友、身边亲近之人的形象，因此很容易被人原谅，最重要的是，这有助于减轻他的职位所附带的负面形象。遵循同样的情感策略，对公司的每个人来说，拉斐尔就是拉斐。他没有架子、豁达而和善。他利用这一点对他的同事施加善意的压力，友好地要求他们提高工作效率，延长工作时间。

安托万在容纳公司七十名股票经纪人的巨大房间里分到了一个隔间。那里配备了两台个人电脑、一张带有许多抽屉的灰色铁制小办公桌和一个咖啡杯。房间的墙壁上展示着世界最大证券交易所各个市场的市价。安托万花了一个星期观察同事的工作，他获得了一些建议。他买了书来掌握金融术语和机制：公开出价收购（O.P.A），纳斯达克（Nasdaq），公开交换报价（O.P.E.），欧洲开发基金组织（F.E.D.），收盘（C.O.B.），斯托克指数（Stoxx），富时100指数（F.T.S.E. 100），德国DAX30指数（DAX 30）……

这门新的语言比阿拉米语简单得多，对他来说很快就没有秘密可言了。

他的生活仍在发生变化。一份固定的工资对他来说本就绰绰有余，另外他还可以根据业绩抽取佣金。他放弃了他那小小的免费单人公寓，在巴士底狱的罗凯特街找到了一间 loft 公寓。布拉莱尔先生仍然没有恢复健康，所以安托万请他的摔跤手邻居弗拉德照顾他。

他没有再见到鲁道夫。鲁道夫想和他讨论知识性和论争性的话题，而他对此已经完全失去了兴趣。没有讨论和反对的黏合剂，他们的关系就瓦解了。安托万仍然陪同夏洛特乘坐摩天轮，但他们不再交谈。平时很冷静的甘加变得怒气冲冲，并宣布在他放弃变笨的计划之前，他们不会再见面。阿斯献给他一首四行诗，诗中说他们不再呼吸同样的空气，在没有改变国家的情况下，他们已经成为彼此的陌路人。一天晚上，在他们的老根据地——格维兹门斯多蒂尔度过了一个沉默的夜晚后，他们便分开了。安托万看着他的朋友们走入黑夜，周遭被阿斯身体的光芒照亮。他并没有太过伤心：他们彼此之间已经没有什么可说的了。安托万忙于他的新工作，他野心勃勃，渴望名牌服装。他有了新的朋友，这群人对任何事情都怨声载道，他会和他们一起去听音乐会，参加派对。他过着所有负担得起这一切的年轻人的正常生活。安托万收获的是像包装好的消耗品一样的朋友，是一众在他遇到麻烦时会毫不犹豫地拒绝伸出援手的朋友。

从表面看，人们可能会认为他完全融入了这个王子群体般的社会集团，毫无疑义地扮演着他的雨果博斯牌西装所要求的角色。然而，再仔细一看，你会发现他仍保持着某种克制。在任何情况下，他从来没有质疑过他同事的道德，从不发表看似原创新颖的意见。安托万让自己被这个新世界牵着走，并从中获得了某种快感：在被控制下的自由的快感，在跟随江河形状变化的水流中放任自流的乐趣。

金钱，成功，融入一个公认有坚实基础的环境，所有这些因素都有助于发展自我经济。不需要再去想你的欲望、你的道德、你的行为、你的朋友、你的生活，不需要理解、探寻：你身处的环境为你包管了一切。安托万从他与社会的这桩婚姻中收到了一笔嫁妆。这是一个节省精力的问题。比起自己去寻找所有的东西，甚至是发明创造，要省力得多，不那么费劲。不，你不必这样做，社会将为你提供预先制作完成的情感、提前策划好的思想。

有趣的是，人类就像他们的汽车。有些人的生活没有选择，只是能够运行，速度很慢，经常需要修理，这是一种廉价的、脆弱的生活，在发生事故时不能保护坐在车里的人。另外一些人的生活是有选择的：金钱、爱情、美貌、健康、友谊、成功，就像安全气囊、防抱死制动系统、真皮座椅、动力转向系统、16气门发动机和空调。

到了八月中旬，安托万与他的职业磨合得十分顺利，他和其他人一样成了一名股票经纪人，他的工作是正确的。凭着本能和逻辑，他按部就班地一步步来，但没有做出能让他挤进公司百万富翁圈子的大动作。他忘记思考投机活动及其数字游戏对现实世界的影响，而这个世界在他舒适安逸的意识空间内已经不复存在。

然而，有一个特点使安托万与他的同事不同：他不能忍受咖啡。他刚加入公司时曾试图喝过一杯。结果是连续两晚都无法入睡。从那时起，他整天都在喝无咖啡因的咖啡。咖啡杯是一个身份问题，一个好的股票经纪人手里或桌子上总是有一个咖啡杯。就像警察有枪，作家有笔，网球运动员有球拍一样，股票经纪人用他的咖啡工作，它是他的工作工具，他的电镐，他的史密斯·威森[1]。

---

1 史密斯·威森（Smith & Wesson），美国知名枪械制造商。

然后，突然间，在没有任何预谋的情况下，安托万发财了。他像往常一样在小隔间里敲打着他的两台电脑，经历着平常一天的动荡：股价上升、股价下跌、尖叫、连续的电话铃声、"咔嗒"声、吼叫声、十个靠墙排开的咖啡壶日常的嘶嘶声……他静静地敲打着夹在耳朵和肩膀之间的电话，卖出日元，在市场中随机地投下他的线和钩。当他伸手去拿咖啡来滋润干燥的嘴唇时，他把咖啡洒在了主电脑键盘上。火花闪烁，一股烟雾冒起，"噼里啪啦"作响，他的电脑屏幕一阵模糊，闪烁了一下，但一切又在瞬间恢复了正常。只是他的账目显示，他做了一笔价值数亿、利润丰厚的交易。短路引发了连锁反应，导致了惊人的金融业务交易。

　　"我就知道雇用你是个好主意，"拉斐尔告诉他，"你是如何预测到这次行动的？"

　　"直觉。"安托万低下头，回答说。

　　"这是学不来的。你必须继续在这件事上下功

135

夫，你对此有着完美的把控，没有惊慌失措，而是坚持到底。我的朋友们，这就是我所说的冷静！"

整个房间的人都在为安托万鼓掌，同事们用力地拍着他的后背，彩带漫天飞舞，有人打开了香槟，拉斐递上了佣金的支票。安托万看了看支票的金额，没有想到的是，他被打动了。他就像他的孩子刚刚出生一样感动不已。他如此失态，可能是因为有了六胞胎：别管支票前面写的是什么数字，随后就接着六个零。

那一刻，安托万忘了他曾经深知，最容易被腐蚀的人总是自己。一颗红色的药片让他避免去想，他因为这笔在任何梦中都不会石化消散的财富，既出卖了自己，又获得了成功。

为了让财富变得现实可感，安托万将奖金兑换成小面额纸币。他带着两个装满钞票的手提箱走出银行，把它们一捆捆地堆放在客厅的橄榄木大桌子上。这些成千上万的长方形纸片是构成他成功基础的原子。他有点沉迷于人性欲望所带来的陶醉感，感到一阵头晕目眩，他不由自主地笑了。他很富有，也就是说，他完成了他的部分契约，实现了数十亿人共同的幻想。

但这种被他称之为"幸福"的感觉并没有持续很久。他要用这些财富做什么呢？如果他想成为一个完全正常的百万富翁，就不能只满足于存下这些钱。富裕本身并不是目的，社会上、街上的人的钦佩和羡慕应该成为映照他成功的一面镜子。安托万意识到，就算成为富人，他也只是成功了一半：现在有必要追求富人所渴望的东西。而这在他看来是最困难的部分。为了致富，他只需将一杯咖啡洒在电脑键盘上；而为了挥霍钱财，他将不得不绞尽脑汁。

通过翻阅杂志，他列出了一份他应该想要的东西的清单，同时还列出自己绝对不想要的东西：他要小心翼翼地避免落入新富豪的陷阱，这是一类显然被鄙视的富人群体，他们只拥有装点财富最不重要的外饰，也就是金钱。

安托万仿佛成了自己的圣诞老人，带着他的大柳条背篓和驯鹿雪橇去购物。为了装饰住所、树立起自己的声誉，他购买了当代艺术品。在巴黎一家著名的画廊里，他看上了一位画家的画作。这位画家一定是个天才，因为他的签名下面挂着很多个零。画廊老板形容他是新的凡·高。为了说服安托万，老板对他说："而且他也得了腮腺炎。"安托万装作钦佩的样子，对艺术品商人唯利是图的愚蠢行为施舍了一个"哦"，然后打开了公文包。接着，他准备购买一辆豪车。他不会开车，也无意学习，但这并不影响他迎合这一重要仪式的决心。几乎每个人都会买车，但这种选择大多数时候受限于经济能力。安托万不用担心这个问题，所以他面临着一个令人难以置信的品牌、型号和发动机上的选择。他注意到，不同的豪车往往对应着特定类型的财富：拉斐公司里的百万富翁，年轻的都开跑车，年长的三十多岁的人则开奔驰或宝马。安托万买了一辆能彰显他年轻聪明、坐拥百万财产的股票经纪人身份的车：红色保时捷。经销商把车送到了他的公寓外，它就像一盏霓虹灯一样炫耀着他的成功和权力。

商店里的售货员像地狱三头犬一样，对那些消费不起的人面露鄙夷。当安托万亮出他那顶塑料皇冠——一张信用卡金卡时，他受到了王子般的欢迎。他买了一身得体的西装，这套衣服会让下一代人笑掉大牙，但眼下却彰显了他高人一等的优越感，因为普通人没有财力以如此自然的炫耀来卖弄如此糟糕的品位。

　　根据《小罗贝尔法语词典》中的定义，蜕皮是指"某些动物在某些季节或生命的既定时期内，影响其外壳、角、皮肤、羽毛、毛发等的部分或全部变化"。安托万已经蜕皮了。他扔掉了他的破旧衣衫，换上了时髦精致的衣服；他喷洒着昂贵的香水，用油和乳霜涂抹保养皮肤，在美容院进行按摩、护理和紫外线照射，每周都在一家高级理发店里打理发型。蜕皮也是人在青春期声音音色的一种变化。因此，在安托万看来，几周的时间里，他突然变成了一个成年人。在他成功之前，他的声音在日常生活中起不到多大作用。在向店主要东西时,在与行政部门的公务员打交道时，或者仅仅是在谈话中：尽管他的声音很清晰，他的话却没有被听进去。但现在，安托万没觉得自己的语气有任何变化，可是他立刻就被人听到，并得到满足。

　　说了这么多关于蜕皮的事，我们可以说，安托万已经变成了一条蛇。他与曾经的人类已经没有什么关系，就好像换了个物种似的。

他的预算已经超标了。除了大量购买画作、汽车、衣服外，他还添置了符合自己地位的家用电器、高保真音响、录影机和电脑。事实上，他并没有使用这些完善且昂贵的电器。每天晚上都有海量的精美食物被塞进他那巨大的美国冰箱，他也没有吃过。他的思想停留在购买阶段，还没有达到消费阶段。安托万一直保持着简单的口味。他的家看起来像一个现代技术奇迹的博物馆，一个新电器的墓地。

为了让他的银行账户能够继续为他的实际消费提供资金，安托万再次将一杯无咖啡因的咖啡洒在电脑键盘上。这次又中了大奖：钱是一种宠物，是一只忠犬，它开始认得去他银行账户的路了。

那一天结束的时候，拉斐把安托万叫到他的办公室里，那时所有的股票经纪人都正准备离开。两名身着性感晚礼服的年轻女子围绕在拉斐身旁。

"安托万！"拉斐欢呼着，"你真了不起，我的朋友。这是你的奖金。"

"谢谢，"安托万说着，把钱放进外套的内袋，"嗯，再见……"

"'再见'是什么意思？我们要一起度过这个夜晚。为了庆祝你的天赋。我向你介绍一下，这位是桑迪。"

"很高兴见到你。"其中一个女孩说，微笑着伸出她的纤纤玉手。

"还有塞弗琳，"拉斐继续说，"她将成为你今晚的约会对象，你个走运的家伙。"

安托万观察了塞弗琳，她身材出众，外形诱人，看向他的眼神中充满了欲望。他觉得自己遇到了麻烦。安托万慢慢感觉到他人格的尖牙从他意识的深层破土而出，他本想吞下一两片快乐扎克来规避这种危险，但他把它们忘在家里了。他问拉斐，他们是否可以单独谈一会儿。拉斐让女孩们在车上等他们。她们带着

142

一种充满淫欲的挑逗的神情，离开了办公室。

"我不相信你会搞这样的鬼把戏。"安托万责备地说。

"什么把戏？你在说什么呢？"

"你付钱给我找了一个妓女……我以为你会更了解我的，拉斐尔。我对你很失望。"

"一个妓女？"拉斐尔突然大笑起来，"你觉得塞弗琳是个妓女？"

"我觉得这很明显。"

"你应该对自己的诱惑力更有信心，安托万。不，塞弗琳不是妓女。"

"那她为什么要和我约会？更重要的是，为什么她看我的时候脸上带着那种色眯眯的表情？她看起来像是在看布拉德·皮特。"

"我跟她说了你的事，说你是个金融奇才之类的。我向你保证，你浑身散发着魅力。"

"好吧。那个叫桑迪的女孩又是怎么回事？拉斐尔，你可是有一位了不起的妻子的。"

"哦，不，你不会要对我说教吧！"

"不，不是这样的，但是……好吧，我是要教训一下你，因为你……"

"你要告发我？打小报告太恶劣了，告密者全都下地狱了。你有点放不开，安托万。冷静点。"

"你妻子会很惨，你不能这样做。"

"我妻子什么都不知道，所以她不会受到伤害，这件事无伤大雅。"

"你为什么要这样做？你已经有一个爱人了……"

"爱情不是生活的唯一，还有欲望。天哪，安托万，现在是二〇〇〇年了，性解放运动已经出现了，醒醒吧。自己的身体自己做主，女孩们都得到了解放。"

拉斐身上有着那些平民王子的傲慢，他们把自己的特权与权利、辩解与真理混为一谈。安托万坐在办公桌前的扶手椅上，拿起一块橡皮在记事本上擦了擦，眼中一片茫然。他就这样呆滞了整整一分钟。与此同时，拉斐正在收一些文件放到公文包里。安托万盯着拉斐说：

"说到性解放……"

"你想了解吗？塞弗琳会给你好好上一课……如果你明白我的意思。"

"我一个同事和你有同样的想法，她肯定赞成你。"

"当然，世事变化，你要放开一些。她享受性爱，她没错。"

"我不知道你是否认识她，她叫梅拉妮。"

"梅拉妮？"拉斐说着，脸色变得苍白，"纳斯达克的梅拉妮？"

安托万靠着桌子把座椅转了过来。他看着拉斐，观察着他的反应，嘴角微微一笑，眼底浮现出一丝忧郁。他站起来，揽着拉斐的肩膀。

"是的，她同意你说的，而且说实话，她打算和任何人上床，毕竟她是如此自由。这很好，不是吗？但问题是，没有人愿意和她睡觉。所以……我想，既然你也如此奔放，也许你可以帮她这个忙……"

"但是，梅拉妮……她真的……唔，你知道……她不是……"

"她当然比你的那些桑迪们更聪明、更有趣，这点毋庸置疑。你是这个意思吗？"

"她很丑，安托万，我很抱歉，但这是真的，她看起来像个骷髅。她堪称伟哥的解药。"

"所以呢？"

"所以呢？你想让我说什么？这是自然规律：不是每个人都能跑完一百米。就是有天然存在的不平等，我也没办法。她没有这样的身体资本。但还有其他运动。如果她把心思放在爱情上会更好，只有感情才能让人忽略掉她那样的外形。爱情是盲目的。你知道有这样一句话：她是一个可以当朋友的女孩，但不适合做爱。"

"你想说的就是这些吗？但是……拉斐尔，你不明白……她想做爱，她也想沉醉其中，就像你和桑迪那样。"

"我可以替她打听打听，找一些盲人。听着，安托万，明天我会跟她说，公司的补充保险可以支付她做硅胶丰胸手术的费用。这应该能替她挽回些损失。"

"你可真有爱心。既然如此，不如直接把阴茎移植到她的手上……"

"醒醒吧，安托万，我们不对人格进行性幻想，这不会让人硬起来。可能很遗憾，但这就是事实。我无能为力。"

"柯克·道格拉斯[1]说，'给我看一个聪明的女人，我会告诉你她是个怎样的性感尤物。'"

"嘿，安托万，你也不希望我仅仅为了自圆其说就和她上床，对吧？"

---

1 柯克·道格拉斯（Kirk Douglas, 1916—2020），美国知名演员，奥斯卡终身成就奖获得者。

"真是这样就好了。"

梅拉妮恰恰喜欢那些谴责自己的人，就像穷人会羡慕富人；就像拉斐不想要她是嫌她长得丑，而她渴望拉斐则是因为他很英俊。一周后，她穿着一件低领衣服来到公司，暴露出她那对饱满而坚挺的全新乳房。对于一些男人来说，这足以让她从人群中凸显出来。她不再是同事眼中的幽灵：凭借她的乳房，她终于走进了男人的视野。

拉斐对她的宽大气度感到满意，但对安托万感到担心，因为据安托万自己说，他有一种"情感上的罗伯斯庇尔主义"。通过不停地唠叨，他说服了安托万去咨询一个经营相亲公司的朋友。他给出了各种严肃的保证，确保这不会给安托万造成任何束缚，并恳求安托万至少与他的朋友进行一次面谈。安托万妥协了，这样拉斐就可以带着那些自由主义信条和说教式的长篇大论离开，让他一人清静清静。几个星期前，他还把爱情当作一种艺术形式，或者至少是一种手工艺形式，现在他正迈入一个新的、当然也更现实的世界。在那里，爱情是一种消费形式，是一个充满不平等的地方。

在一栋容纳着众多高科技公司总部的商业大楼的五十一层，安托万来到了这家拥挤热闹的婚介所。这里没有任何隔断，员工们摩肩接踵，电话铃声此起彼伏；敲击电脑键盘的"咔嗒"声交织出一段可以在蓬皮杜电子声学协调研究中心播放的音乐。安托万被领进一间英式装潢的办公室，与外界的喧嚣隔绝开来。他独自站着，等了几秒钟。房间明亮整洁。书架上搁了几本书，植物靠墙摆放着，除此之外，房间里还有一些不怎么引人注目的艺术品，一台天蓝色的苹果电脑，一扇大窗户。一个四十多岁的女人轻快地走进来，请他坐下，然后走到桌子后面。她穿着一套精致的西装，足够宽松，不会妨碍她的行动，没准还能遮挡住一些赘肉。

"你是从拉斐那里来的，对吗？好的，我们会给你找找的。你不能太挑剔，你已经是备选了。你有什么特殊要求吗？"

"什么意思？"

"金发，棕发，红发，身高，职业类别，标准相当多。我不能保证提供一个与你想要的百分百一样的约会，但我们可以尽量接近。"

这个女人启动了电脑，打开了一些文件，输入了几个字。她看起来很疲惫，全身不剩一点力气，同时又很紧张和兴奋。她盯着安托万，等着他列出的标准清单。

"我不想细说。反正……我想我不该来这儿。很抱歉。"

"吓到你了吗？但这就是它的工作原理，只不过我们使用的不是无意识的过滤器，而是科学过滤器。结果是一样的。在所有婚介所中，我们拥有最高的成功率，这并非巧合：我们是在做生意，而不是谈感情。

如果你愿意，你可以称之为感情事业。让我们重新开始。所以，没有明确的个人资料。"

她的手指猛烈地敲击着键盘的按键。电话响了，但她没有接。铃声响了几下就停止了。她看着安托万，用专业的眼光端详着他，仿佛在做评估。

"反正得是个和我年龄相仿的人……"

"非常好。听着，孩子，努把力。我们要建立你的个人档案，客户或许就是从这里开始对你感兴趣的。所以你不妨好好介绍一下自己。"

"你是说让我谈论我的爱好？"

"是的，我们会把它放在最后。但首先，你必须把社会地位凸显出来。"

"我不想，我不希望……"

"你在跟我开玩笑吗？我没有时间浪费在那些希望凭借自己的个性而被喜欢的人身上。如果你本来就相貌英俊，那会很容易找到因为你的幽默和体贴而喜欢上你的女孩子。但是……年轻人，我们在这里不是为了道德说教、评判对错，这只是世界运作的方式，无论你是否喜欢，这就是它的方式，所以要抓住一切机会。马基雅维利[1]说过一些关于政治的事情，可能看起来很愤世嫉俗，但它们却是真实的。我们就是爱情中的马基雅维利主义者。我不是说我们为了金钱、发色、胸部大小而去爱，但统计数据告诉我们，它们有着决定性的影响。职业、肌肉、身高、年龄、金钱、体重、汽车、穿着、眼睛颜色、国籍、早上吃的玉米片品牌……你无法想象有多少因素在产生影响。你知道金发女郎的性生活比棕发女郎多出 24% 吗？爱和性中见真理，你又知道些什么？这些真相与任何人都无关，因为每个人都坚信自己小小经历的特殊性。有大量的统计数据告诉我，真实情况并非如此。"

"你太笼统了，"安托万毫不泄气地说道，"在

---

1 马基雅维利（Niccolò Machiavelli，1469—1527），意大利政治学家、历史学家，近代政治学之父。马基雅维利主义，简而言之，即个体利用他人达成个人目标的一种行为倾向。

我看来，个性很重要，虽然不是对所有人都一样，但是……我认识一些人，个性对他们来说不可或缺。你或许有点夸张了。"

"你这么觉得？可能是吧。我生活不顺，所以有权夸大其词，对这些事情抱有悲观态度。我认为我很客观，但在爱情中，真相无疑是一种犬儒主义。说实话，我对自己感到恼火，因为我总是太过客观，总是明白这一切并非没有缘由，没有什么可责备的。我不想再客观下去了，这样我就可以让自己陷入仇恨，最终成功地厌恶起我的丈夫，他为了一个二十岁的女孩抛下了我。"

她用鼠标敲打着桌子，按了一下键盘上的一个键，然后站了起来。她微笑着，带着一种悲伤的恶毒。她转向书架，把一些书的位置换了换，却撞倒了一个考拉雕像，雕像在地板上摔碎了。她把碎片聚拢起来。

"对不起……"安托万喃喃自语，他站起来，帮她捡起雕像的碎片。

"你为什么道歉？"女人皱着眉头说，"我不许你说对不起，也不许你批评我丈夫。你以为你是谁？"

"我只是想……他为了一个年轻女孩离开了你……"

"那又怎样？你站在我这边是错误的。我永远不可能爱上你这样的人。"

"因为我不够可爱？"

"不，主要是因为你比我矮。"

"就因为这个？"

"这很重要，至少对我来说是这样。不要问我为什么。但我不得不承认，这和我的混蛋丈夫喜欢年轻女孩是一样的道理。爱情中没有无辜者，只有受害者。"

"根据这些标准来选择，显得有点……精于算计……"

"不，你错了。没有什么是算计好的，每个人的爱都是真诚的。我丈夫真的爱上了那个婊子。他没有对自己说：'哦，我的妻子已经四十岁了，她的乳房正在下垂，皮肤不再细腻，她日渐发福，我要把她换掉。'在我看来，这是事实，但他没有这样说出来。他离开我的那件事，只是在这些条件下简单地完成了。事情发生之后，人们才会合理化并剖析自己的行为。

'我本来很喜欢你，你可能是我最好的朋友，但我真的不会爱上你。'当我听到人们说，他们不知道为什么会爱上这样那样的人时，我就想笑。他们也许并不想知道，但除了两种个性的相遇之外，还有心理、社会、遗传方面的原因……爱情和诱惑既是最无意识的东西，但同时也是最理性的东西。说没有理由是为了避免承认那些理由不是很光彩，因为谁对真相感兴趣呢？当我问我丈夫为什么为了这个年轻、苗条、一头金发、性感、胸脯饱满、活力四射的女孩离开我时，他说：'我不知道，亲爱的，人们不知道为什么会坠入爱河，它就这么发生了。'而你知道最糟糕的是什么吗？他是真诚的，这个混蛋真的相信这些鬼话。这个混蛋是真心实意的。你知道斯塔尔夫人[1]是怎么说的吗？'在感情的领域里，没有必要说谎骗人。'所以，是的，我在夸大其词……但我夸大其词并没有错，因为……我已经老了，我现在只是一个平凡的小人物。"

这个女人一边哭着一边继续说话，她责备自己的抱怨，诅咒她的丈夫和他的未婚妻。安托万怀着歉意溜走的时候，她毫无察觉。

在一个硕果累累的绝望之日，安托万曾对自己说，相信那些迫使人低头的真理，就是效忠于滋生它们的现实：任何想为自己的不幸找证据的人都能顺利找到，因为在人类的事务中，人们总是能找到自己所寻求的东西。他当时已经认定，任何让他痛苦的真理都是一种道德，现实本身就是一种道德，他可以用自己的想象力来和它抗衡。可当他离开大楼时，尽管很困惑，但他什么都不记得了。更准确地说，他不需要记

---

1 斯塔尔夫人（Madame de Staël，1766—1817），法国小说家、浪漫主义文学先驱。

住。他吃了两片快乐扎克，那个女人幻灭之语的幽灵就烟消云散了。安托万给拉斐打电话，告诉他这件事，并建议他照顾好他的朋友。

在谈话的过程中，安托万的意识中浮现出一个阴影，但当他重新回归到日复一日的生活节奏时，这个阴影就倏然消失了。

对于那些完美融入社会的人来说，只有一个季节，一个永恒的夏天，顶着一个睡觉时也不落下的太阳，给他们的精神晒着日光浴：他们心怀梦想，在梦中永远没有黑夜。安托万已经度过了二十五年多雨的秋天，从现在开始，对他的意识来说，将没有冬天、春天和秋天，而只存在一个全年无休的夏天。

九月开始了。阳光依然灿烂明亮，在柔风中轻抚着路人的肌肤。这一晚，安托万坐在电视屏幕前，切换着频道，看着有趣的搞笑节目。事实上，他在看什么并不重要：唯一让他感兴趣的是电视的镇定和抗焦虑作用，宛如一缕照满他意识洞穴的温暖阳光。他手里拿着遥控器，来回切换着频道。他用厚厚的丝质布裹住了它，并给它安装了一个小发动机，当他的手在上面抚过时，它就会发出轻柔的"咕噜"声。这是他的遥控器猫。他用食指翻找着不同主题的节目，以此为借口，为他对这个遥控器猫的上瘾开脱。尽管吃了四颗快乐扎克药片，安托万还是感觉不舒服。这是因为几个小时前，他在下班回家时发现家门前有一个包裹。这是一个看起来没什么威胁的小邮包，所以安托万在厨房里拆开包裹时没有起疑心。他撕掉了纸和胶带，当他打开它时，一股爆炸力把他扔到冰箱上。他的眼睛一直盯着那个打开的小包裹，里面是《福楼拜书信集》的袖珍本。他的心脏逐渐恢复了正常的跳动。他哭了，完全停不下来，似乎他的眼泪想冲走桌子上那本书的幻象，或者想熄灭它爆炸时在记忆中所引起的那团火。他没有碰它，也不敢去碰。《福楼拜书信集》是安托万转变前最喜欢的书之一。安托万十分崇拜福楼拜，经常流连于他笔下的探索、幻灭与磨难，那些只是为了活着并忍过来的岁月。这本书突然重新出现，就像是咬了一个毒苹果，将他自认为安全的机能和思想全部搅乱。他怀疑这次袭击是他的老朋友所为，他们通过伤害他，试图把他拉回身边。他集中意志与这个有可能扰乱他平静无奇生活的纸制炸弹做斗争。因为害怕被污染，他把书放在桌子上，把自己的注意力转移到电视上，遥控器在他手里呼呼作响。

夜晚的色彩渗透进安托万的公寓。月亮在太空的黑色沙滩上招摇地晒着日光浴。安托万正试图在电视这个独眼巨人的眼睛里催眠自己，突然一个渔叉飞过来插在屏幕上。火花四溅，冒起一丝黑烟，主持人的话语变得扭曲，然后什么都没有了，除了那个卡在屏幕中间的渔叉。安托万猛地转身，遥控器掉了下来。公寓里没有开灯，所以他只能辨认出渔叉手的人形。这不是一个外星人，安托万想着，放心了一些。他惊讶地发现，自己并不害怕，可能是因为他服用了过量的快乐扎克。他强迫自己颤抖着，咬住下唇。从轮廓来看，这是一个正常身高的人，似乎没有蝙蝠翅膀。

街上的路灯亮了起来。现在安托万可以看清他面前的这个人了。

"达尼·布里扬[1]……"他喃喃说着，"你是达尼·布

---

1 达尼·布里扬（Dany Brillant，1965—)，犹太裔法国歌手，也曾出演过不同类型的电影。

里扬。达尼·布里扬是个窃贼。你是来杀我的吗？你是那种连环杀手吗？"

安托万对这位似乎停留在二十世纪五十年代的歌手隐约有些印象，他觉得他的几首歌曲既悦耳又充满魅力。这一切都说得通：达尼·布里扬留着猫王的发型，穿着爵士服，唱着另一个时代的歌曲，这家伙是个神经病。达尼·布里扬笑了。他穿一身简简单单的黑色西装，内搭一件露胸的白色衬衫，脚踩一双黑色漆皮鞋。一套完全可以套在杰瑞·李·刘易斯[1]身上的衣服。

"错了，错了，错了。你完全搞错了，托尼。我不是达尼·布里扬，我不是窃贼，也不是连环杀手。一个连环杀手会穿得这么有品位吗？"

"我不知道，但一个正常人是不会这样穿的。你是达尼·布里扬。你说话像他，有同样的招牌笑容，

---

1 杰瑞·李·刘易斯（Jerry Lee Lewis，1935—），美国摇滚元老级人物。

还有打着发蜡的同款发型。你就是达尼·布里扬。"

"错了，托尼，我是达尼的幽灵。"

"达尼·布里扬已经死了？"

"还没。"

"那你怎么能成为他的幽灵呢？"

"我是一个早产的鬼魂，这种情况时有发生。我只在活着的达尼·布里扬睡着时出现。"

"你一定是在开玩笑。"

"嘿，我没有，托尼。碰一下我。"

达尼·布里扬，或者说他的幽灵，迈着夸张的松垮步子贴近安托万，眼神调皮地打了个响指。

"我明白了，"安托万边说边后退，"你是个变态。"

"我是幽灵！"达尼笑着说，"碰一下我，你就会看到你的手穿过我的身体。"

事实的确如此，安托万的手穿过了达尼的身体。安托万吓坏了。

"嘿，够了！把手拿开！这不是游戏，托尼。"

"你能不能别叫我'托尼'了？"

"没问题，托尼奥。"

"好吧，还是继续叫我'托尼'吧，这好歹没那么糟糕。"

"没问题，托尼。可以允许我看一下你的冰箱吗？"

还不等安托万回答，达尼就进入了厨房。他打开冰箱门，照亮了房间。安托万也走了过来。达尼在打开的冰箱前目瞪口呆，接着跪倒在地，举起双臂以示崇拜，仿佛在琳琅满目的食物前进行祈祷。他站起身来，怀里塞满了坚果酱、鹅肝酱、香肠、奶酪、软厚饼，所有的食品。他把他的这些宝贝放在厨房的大桌子上，坐在高脚凳上开始狼吞虎咽。

"鬼魂也吃东西吗？"安托万在他对面的凳子上坐下，问道。

"明摆着的事，"达尼说着，他的嘴里塞满了涂有鹅肝酱和坚果酱的软厚饼，"而且，好消息是我们不会变胖。我们可以吃上一天的汉堡，想喝多少可乐就喝多少可乐，但不会增加一公斤。做幽灵棒极了，这是美好的生活，伙计。你能把可乐递给我吗？"

"听着，达尼，你看起来人很好，唱的歌也很好听，但是我明天要工作，所以你不能去缠着别人吗？"

"我不能，"达尼喝光了半瓶可乐，放纵地打着嗝，然后说，"我有一个任务，我就是为了它才来这里的。"

"哦，你的任务是清空我的冰箱？"

"不是，但它给任务增添了一些乐趣。"

"你就不能暂时别吃，先解释一下吗？不要把面包屑弄得遍地都是。我是那个打扫卫生的人。"

"酷，托尼。我已被指派为你的守护天使。"

"为了警告我有高胆固醇的风险？谁派你来的？"

"我不知道，我当时喝醉了。总之，我是来帮你处理好你所有烂摊子的。"

达尼双手大大地张开，似乎要把整间公寓都囊括起来。他打着嗝，在堆积如山的食物中翻来翻去。显然，达尼·布里扬的鬼魂没有生前的风度。

"那这岂不是好极了？"安东尼讽刺地说。

"你可以这么说，"达尼表示同意，向一包薯片发起进攻，"那么，托尼，你的生活是怎样的？你快乐吗？"

"这不是我想用的词，但我也不是不开心。"

"不快乐，也不难过？这是最糟糕的。你的生活就是一坨狗屎。"

"谢谢，形容得很细腻。要成为一个守护天使，难道不需要经过某种心理培训吗？"

"不用，这需要在实践中学习。你是我的第一个守护对象，托尼，第一个。"

"太棒了，真的太棒了。"

安托万开始收拾食物残渣和包装纸。达尼用手扫了扫桌子，掀开油腻腻的纸、蛋糕块、三文鱼片，最后找到了他要找的对象：袖珍本的《福楼拜书信集》。他掸了掸灰尘，擦掉封面上的油渍，翻了翻，打开了折角的一页。

"就在这里。你有麦克风吗，托尼？"

"在客厅里，达尼，"安托万嘀咕一声，觉得越来越疲倦，"在音响下面。"

用一根画着米老鼠脑袋的吸管吸了一小罐鱼子酱后，达尼走进了客厅。他打开麦克风的包装，把它放在一个支架上，并将它和音响连接起来。一声尖锐的失真噪音爆发出来。

"你能递过来我的《最佳精选辑》吗，托尼？"

"我没有你的《最佳精选辑》，达尼。其实，我一张唱片也没有。"

"没关系，"达尼说着，从口袋里掏出一张CD，"我早就料到了。你的系统有卡拉OK选项，太好了。"

他把光盘放进播放器，按了几个按钮。他的左手拿着打开的《福楼拜书信集》。他敲了敲话筒，按了下播放键，扬声器里传出了他的名曲《再给我一次机会》的第一个音符，但只有伴奏。他随着音乐的节奏摇摆着脑袋，然后开始唱福楼拜一八五七年五月十八日写给勒鲁瓦叶·德·尚特皮[1]小姐的一封信的摘录，完全按照他歌曲的形式，并在其中加入了更多个人的感叹：

> 轻浮狭隘的人，狂妄自大的人，
>
> 凡事都想有个结论。
>
> 他们追寻生命的目标，是的，
>
> 还有无限的维度，嗯！
>
> 他们抓起一把沙子放在手里，
>
> 嗯，在他们可怜的小手里。
>
> 他们对海洋说：
>
> "我要数数你岸上的谷粒。"耶！

---

1 勒鲁瓦叶·德·尚特皮（Mlle Leroyer de Chantepie，1800—1888），法国作家，曾与福楼拜通信 19 年。

但因为谷粒从他们的手指间流走，

是的，还要数好久好久。

他们跺脚，他们哭了，

是的，他们哭了。

你知道在岸上必须做什么吗？

你必须下跪或漫步，是的！

走来走去。

走来走去，托尼！是的，到处走走！

嗯，到处走走！托尼！

安托万陷进沙发里，情不自禁地跟随着歌曲的美妙节奏而轻轻摇摆。这些歌词让他头晕目眩。他怀里抱着一个靠枕。在歌曲的最后，达尼来到安托万身边，抓住他的肩膀，亲切地摇了摇。

"别太担心了，托尼。有一点点担忧是好事，但胖子居斯塔夫说得很有道理：在岸上走一走吧！你必须停下你做的蠢事，你不是一个天之骄子，那不是你。

摆脱拉斐那个蠢蛋，找到你的朋友，创造你的生活。没错，创造你的生活，托尼。"

"你说的每句话听起来都像歌词……"安托万嘟囔着，强迫自己笑了笑。

"这是职业习惯。"达尼承认说。

夜幕开始降临，鸟儿在电缆铁塔和电线杆上唱歌、蹦蹦跳跳。达尼站起身来，掸了掸衣服上的灰尘。

"我现在得走了：还有别的可怜家伙需要我的建议。但我会继续照顾你，直到你摆脱麻烦。你会没事的，托尼。你知道尼采说过什么吗？'智慧是一匹疯马，你必须学会如何握好缰绳，喂它吃好的燕麦，清洗它，有时还得用上鞭子。'再见，托尼。"

达尼·布里扬的幽灵穿过客厅，消失在走廊的黑暗中，但安托万没有听到开门声。他在沙发上睡了几个小时，但仿佛已过去几个世纪。

在幽灵来访后的一个星期里，安托万没有和任何

169

人说过话，他似乎心事重重。他没有理会拉斐、他的股票经纪人朋友，也没有去他们商量好要去的时髦地方玩。星期五晚上下班后，他叫了一辆出租车回家。伴随着刺耳的轮胎擦地声，一辆黑色面包车在他面前停下。车窗略带颜色，车身画着一个骑着龙的女人。司机转向安托万，用枪指着他。司机脸上戴着一个阿尔伯特·爱因斯坦的面具。面包车门滑开，另外有两个"爱因斯坦"分别抓住他的胳膊，把他塞进车里。安托万毫无反应，他是如此疲惫不堪，以至于没有力气去反对别人。这几个"爱因斯坦"堵住他的嘴，蒙住他的眼睛，把他绑了起来。安托万试图在心里记下路线，记下他们左转、右转和等红灯的时刻，但五分钟后，他就迷失了方向。经历了一路的打滑和熄火后，面包车停了下来。"爱因斯坦"们把安托万带了出去。九月傍晚柔和的空气舒适宜人，就像是用丝绸织成的一样。他们进入了一个封闭的地方，安托万觉得像是一座大楼。有人抓住他的腰，把他扛在自己的肩上。

在这种情况下，他被抬上了几层楼梯，但他无法数清，因为头越来越晕。一扇门打开了。那双胳膊把他放在一张椅子上。绑匪松开了绳子和蒙住他眼睛的布条，然后把他绑在椅子上。他的嘴依旧被堵着。过了几秒钟，眼前模模糊糊的，他猜测周围全是人影，还有一扇窗。最后，图像变得清晰了，他可以看到那四个身穿黑衣的人仍然戴着阿尔伯特·爱因斯坦的面具。他们面对着他，在他面前围成一个半圆，一言不发。安托万试图说话，但他嘴被塞着，什么也讲不出来。他仔细地观察着房间，寻找线索，寻找能解释他被绑架的原因。巨大的白色床单被挂在墙上和窗前。一盏卤素灯接在这群劫掠者身后，使他们看起来比实际的样子更大、更令人印象深刻，他们巨大的影子穿过房间，越过被绑在椅子上的安托万。爱因斯坦面具上的塑料皱纹在骇人的对比中显得格外醒目，他们的白色长发像被剥去颜色的火焰山一样闪耀刺眼。

他们把安托万从椅子上拽下来，让他背对着窗户。

在他旁边，他们安上了一台幻灯片放映设备，然后开始了有史以来最神奇的驱魔仪式。

一个"阿尔伯特·爱因斯坦"从一个塑料袋中拿出了十几个鸡头和鸡脚。他把它们放置在椅子周围一圈，并把一个带有柔顺羽毛的公鸡头系在安托万的脖子上。另一个"阿尔伯特·爱因斯坦"拿出一个装满血的瓶子，把血涂在自己的脸上。四个"阿尔伯特·爱因斯坦"在安托万身后稍稍站定，灯光熄灭，幻灯片设备被打开了。

当机器播放着关于人类伟大思想、艺术作品、科学发明和探索发现的幻灯片时，四位"爱因斯坦"像念咒语一样念着一段文字，应该是在通过天真的对抗疗法来迎战精神麻木。他们四个人手里都拿着一本笛卡儿的《第一哲学沉思集》，这本书收录在法国大学出版社红色封面的丛书中，而他们看起来像拿着一本祈祷书。他们以合唱的方式宣读了第一段沉思，声音响亮而清晰，而此时艺术家、科学家、人文主义者和辛普森一家的面孔在床单上闪过。他们继续背诵帕斯卡尔的《思想录》、仰慕格拉西安[1]与勃艮第酒的人所写的《评论》，以及杰罗姆·K. 杰罗姆[2]《三怪客泛舟记》中最有趣的片段。

驱魔仪式持续了一个多小时。最后，幻灯片的哗哗声停止了。匪徒们停止了博学的吟唱。他们打开了灯，撕掉了覆盖在房间里的床单。安托万认出了这是他在蒙特勒伊的老公寓。匪徒们揭开了自己的面具：阿斯、夏洛特、甘加和鲁道夫四人大汗淋漓的面孔显露出来。他们似乎对自己的工作很满意，直到安托万在椅子上比画起手势，他们才想起要把他放开。

"你们是疯了还是怎么了？"安托万尽可能平静地问道，厌恶地甩掉挂在他脖子上的公鸡头。

---

1 巴尔塔萨·格拉西安（Baltasar Gracián，1601—1658），17 世纪西班牙作家、哲学家，其著作《处世的艺术》《智慧书》经久不衰，对叔本华、尼采等人产生重要影响。

2 杰罗姆·K. 杰罗姆（Jerome K. Jerome，1859—1927），英国幽默作家，代表作为幽默游记《三怪客泛舟记》。

"我们只是想让你解除魔障，安托万，"甘加解释说，"你变成了一个十足的混蛋。"

"我有一个会点巫术的阿姨，"夏洛特继续说，"她告诉我们如何让你摆脱你给自己下的那个咒语。"

"我们救了你，"鲁道夫以他一贯的得意扬扬的语气说，"你已经成为一具僵尸，而我们把你从僵尸变了回来。任务完成了。"

阿斯抱住安托万，把他紧紧地搂在自己巨大的发光身体的怀里。他用八音节诗句告诉安托万，自己很高兴再次见到他。安托万放弃了发火的念头：他的朋友们只是为了他好，即使是笨拙地、冒着给他造成伤害的风险，他们也想救他。

安托万告诉他们——为了不让他们担心他的精神健康，他没有提达尼·布里扬幽灵夜间来访一事——他一周前就停止吃药了，并为自己的退出做了充分的准备：他在拉斐公司的电脑系统中植入了一个病毒，这个病毒与全球网络相连，将在本周初市场重新开放时造成一些令人欣喜的金融混乱。

那个被解救的夜晚，他们都睡在安托万单人公寓的白色床单上，就像孩子们在神奇森林中的橡树上搭建的小屋一样。

几天过去了，安托万与他的朋友们一起度过了愉快的时光，重新发现了相互依赖的快乐。

一天早上，警察敲开了他的门，逮捕了他。拉斐卷了一些积蓄逃到了瑞士。考虑到他在瑞士的流放是一种足够残酷的惩罚，法院没有要求引渡他。很快就进行了一次审判。安托万支付的罚款耗尽了他赚的所有钱，他所有没用的财产、画、汽车都被没收了。由于没有人受到伤害，他只被判处六个月的监禁，缓期执行。与拉斐的流放和让几十亿法郎消失比起来，安托万觉得这是一个公平的代价。

那是初秋的一个早晨，月亮出来的时间开始变得更长了。天空中没有太阳，但光线轻柔地穿透了自然和城市里的一切个体，从花瓣、古老的建筑和路人疲惫的脸上透露出来。时间不断流逝着，唯一真正的伊甸园为伤痕累累的眼睛绽放，那些建筑就给人这样一种感觉。

那个星期天的早晨，安托万八点多钟就醒了。在睡意和清醒交替涌来的波浪中，他似乎听到了一首歌。

伸了个懒腰，他站了起来。把水加热后，他洗了个澡。泡好茶，他站了一会儿，看着窗外蒸腾的绿色液体。一根树枝上，一只知更鸟似乎在摆着安托万记忆中的姿势，夏日的阳光在大气中散发着永久的光芒。他一口茶都没喝，把杯子放在窗前，离开了公寓。

他走到蒙特勒伊公园，在汽车和路人中穿行。他急匆匆地走着，鞋带都没有系好，乱糟糟的头发还是湿的。这个时候的广场冷冷清清：老人们在散步，女人们带着孩子出来透气，一个戴着大帽子的画家在草地上竖起了她的画布。

安托万略带茫然地走着，仿佛迷失在这个平淡而安静的地方。他在一个长椅上坐下，旁边是一个挂着银头拐杖的老人。老人戴着一顶附有黑丝带的灰色毡帽，他稍微转了转头朝向安托万，然后又恢复了他那如疲惫哨兵的姿势。

安托万朝同一方向看去，一时间什么也没看到，但当他眯起眼睛仔细观察时，一个年轻女子出现在他面前。她盯着安托万，歪着头、弯下腰打量着他，仿佛他是一座雕塑，然后她向他伸出手。出于礼貌，安托万与她握了握手。他刚想说话，但这位年轻女子把手指放在嘴唇上，示意他站起来跟着她。他们从长椅和老人身边离开了。

"我在找朋友。"女孩说。她看了看安托万，又看了看周围。

"他们看起来什么样子？"

"像你一样，也许。你坐在那个长椅上看上去很有趣，我心想你可能愿意和我做朋友。你看起来似乎素质不错，品质上乘。"

"品质上乘……人们会觉得你在说火腿。"

"不，不是火腿，我不吃肉。"

"那你就是吃你的朋友咯？"

"我没有朋友了，你跟紧一点。喂，当我说了一些非常惊人的事情时，你应该问我为什么。"

"我的经纪人忘了把后续的剧本发给我。那么……为什么？"

"什么为什么？"她问道，非常有说服力地装作吃惊的样子。

"为什么你没有任何朋友了？"

"他们发霉了。我之前没有注意到他们也有保质期。你一定要留意这个问题。我的朋友们开始出现腐烂的痕迹，身上长出恶心的绿斑。他们说的话开始变得恶臭难闻……"

"这很危险。"

"是的，他们可能传染给了我沙门氏菌。"

"你把他们丢进垃圾桶了吗？"

"不，没有必要，他们深陷在自己愚蠢的生活里。"

"你太苛刻了。"

"不好意思，这不是你的台词，你应该说，'你太棒了。'"

"剧本在最后一刻做了一些改动。"

"我总是最后一个知道的！"

女孩停下脚步，一掌拍在额头上。她站在安托万面前，睁大了眼睛，神情有些沮丧。

"忘掉刚才的场景！忘掉刚才的场景！我们应该

从头开始重来一遍。来吧，让我们回到长椅上。"

"你知道，"安托万回复着，阻止了她，"我们可以做一个镜头衔接。这就是电影剪辑的作用。"

"你说得对。让我们走一会儿，先什么也别说，然后再介绍一下自己。开拍。"

他们走过公园的林荫小路，来到草坪上，看着树和鸟。天气很温和，空气中弥漫着一种清晰的、近乎彩虹般的颜色。九月从未如此令人愉快，它径直忽略了即将到来的秋天，傲然挺立，燃烧着夏天最后的力量，仿佛那是无穷无尽的。"

"对了，"女孩自发地说道，"我叫克莱芒丝。"

"很高兴见到你，"安托万用欢快的语气回答，"我叫安托万。"

"很高兴认识你，"她说着和他握了握手，在沉默了几秒钟后继续说，"现在，安托万，让我们重新从你说我'太棒了'的地方开始。"

"我说的是'你太苛刻'。"

"你太不公正了，你就不评判别人吗？"

"我尝试过，但这很难。"

"我的理论是，我们可以理解和评判。我们评判只是为了保护自己，因为谁会试图理解我们？谁能理解那些试图理解的人？"

"拉塞奈尔[1]说：'唯一有权审判的是被判决的人。'"

"所以没关系，我们就是被判决的人，"克莱芒丝说着，张开了双臂，"我总是被谴责，从小就被人用无声的言语审判。我说得很美，不是吗？"

"比如？"

"比如：一切。整个社会都是对我的审判。工作、

---

1 皮埃尔·弗朗索瓦·拉塞奈尔（Pierre François Lacenaire，1803—1836），法国知名的谋杀犯、业余诗人，在狱中曾写过回忆录和诗歌。审判期间，他为自己的罪行辩护，对社会不公做出抗议，将法庭变为剧院、牢房变为文学沙龙，对法国文化有重要影响，成为巴尔扎克、陀思妥耶夫斯基等多位名家的创作源泉。

学习、现代音乐、金钱、政治、体育、电视、模特、报纸、汽车。这是个好例子，汽车。我不能骑自行车，不能在我想走的地方走路，不能欣赏整座城市：汽车限制了我的自由。而且它们难闻，还很危险……"

"我同意。汽车是一场灾难。"

他们买了一枝棉花糖，从这团粉色的旋涡中啄下一块，快速地吞咽着，手指和嘴唇变得很黏腻。

"还有一件事，"克莱芒丝说，"在我看来，除了整个社会阶层的分化以外，世界上最大的分化是那些去参加舞会的人和那些不参加的人。而这种人类的分裂可以追溯到初中时期，并以其他形式持续存在于整个生命中。"

"我没有被邀请过参加舞会。"

"我也是。他们害怕我，因为我心直口快，对我的同学看不顺眼。我几乎憎恨每个人。这很好。但现在，因为他们已经意识到我们有多了不起，所以就想邀请我们参加成人舞会，假装什么都没发生，好像一切都已被遗忘。不，我们不会去的。"

"或者单纯是为了蹭一些小糕点和几瓶法奇那[1]汽水去一次。"

"然后用棒球棍狠狠敲所有这些人的脑袋。"克莱芒丝说着，模仿起这个手势。

"我们可以用高尔夫球杆来给他们致命一击，这更加优雅。"

"举止优雅，风度翩翩！"

他们聊着天离开了公园。他们并肩而行，克莱芒丝跳来跳去，一会儿摘花，一会儿拍着手追鸟。她和安托万差不多年纪，有时非常严肃，有时又很洒脱随意，她的个性总是发生一百八十度大转弯。她一脸天真的样子，张开双臂感叹道：

"为什么我们没有权利去批评、揭露那些蠢到家的人，因为我们会变得充满戾气、满心妒忌吗？每个

1　法奇那（Orangina）是法国著名气泡橘汁饮料品牌。

人都表现得好像我们是平等的,好像我们都是富有的、受过教育的、有权力的,都是白种人、年轻的、漂亮的、雄壮的、快乐的、健康的、拥有豪车……但事实并非如此。所以我有权利大喊大叫,有权利心情不好,有权利不一直幸福地微笑,有权利在看到不正常、不公平的事情时发表自己的意见,甚至有权利侮辱别人。抱怨是我的权利。"

"我同意,但是……这很累人。也许我们有更好的事情要做,对吗?"

"你说得对,"克莱芒丝承认说,"在不值得的事情上浪费精力是蠢蛋行为。最好是养精蓄锐用来找乐子。"

"以及在岸边散步。"

"在岸边散步……这是一句歌词,对吗?"

克莱芒丝哼了一个含糊的调子。他们沿着人行道行走,穿梭在工人、失业者、学生、老人和小孩的人群中。商店、面包店和银行中挤满了五颜六色的小球——这就是在城市循环系统中的人类。一辆汽车从他们面前经过，按着喇叭。它又往前走了十米，在一个红灯前停下。克莱芒丝挽起安托万的胳膊。

"闭上眼睛，"她要求安托万，"我有一个惊喜送给你。"

安托万闭上了眼睛。一阵轻盈、温暖的风吹拂着两个年轻人的头发。克莱芒丝拉着安托万的手臂引导他，她把他带到了街道中央。百米开外，一辆黑色汽车正朝他们驶来。

"嗯，你可以睁开眼睛了。"

"克莱芒丝，有辆车过来了。"安托万轻声说。

"你答应过要相信我。"

"不，完全没有，我从来没这么说过。"

"哦，我忘了问你。请相信我，好吗？"

"克莱芒丝，汽车……"

"发誓你会相信我，不要再哼哼唧唧了，你这个懦夫。你一定不能动，这非常重要。你发誓。"

"好吧，我发誓。我不会动，我不会……动……"

车离他们只剩三十米远，喇叭响着，催促这两个年轻人离开道路。安托万和克莱芒丝仍然没有动静，路人都在看着他们。在最后一刻，克莱芒丝拽过安托万的胳膊，两人倒在了人行道上。那辆黑色汽车从他们身前经过，司机露出牙齿，恶狠狠地咆哮着。

"我救了你一命，"克莱芒丝说，"我是你的英雄！（她站起来，把安托万扶起来。）这意味着我们将终身在一起。从现在起，我们要对彼此负责。"

"我想我今天担惊受怕够了。"

"你不能有太大的情绪变化？"

"是这样的，否则我就会用药过度。不要告诉我情绪失控是好事，我不习惯这样。"

经历了一番如此冒险的生活后，克莱芒丝和安托万变得饥肠辘辘，两人商量好和阿斯、鲁道夫、甘加、夏洛特和她的女友一起去格维兹门斯多蒂尔酒馆吃午饭。但由于距离中午还有几个小时，他们决定玩扮鬼的游戏。克莱芒丝向安托万解释了游戏的玩法：他们必须表现得像幽灵一样，目不转睛地盯着咖啡馆露台上的人，在嘈杂的街道和商店出没，发出尖叫，或者身形隐匿起来四处闲逛，好像他们已经从世界的眼中消失了一样。克莱芒丝和安托万挥舞着锁链，以一种惊悚的方式高举手臂，开始在这座城市中游荡。

图书在版编目（CIP）数据

我就是这样变笨的 /(法) 马丁·帕日著；和又和
译. -- 贵阳：贵州人民出版社，2022.11
ISBN 978-7-221-17237-2

Ⅰ.①我… Ⅱ.①马… ②和… Ⅲ.①中篇小说—法
国—现代 Ⅳ.①I565.45

中国版本图书馆CIP数据核字(2022)第163720号

COMMENT JE SUIS DEVENU STUPIDE © LE DILETTANTE, 2001
Published in agreement with Éditions Le Dilettante, through The Grayhawk Agency Ltd.
本书简体中文版权归属于银杏树下（上海）图书有限责任公司。

著作权合同登记图字：22-2022-093号

我就是这样变笨的

WO JIUSHI ZHEYANG BIAN BEN DE

著　者：[法]马丁·帕日
译　者：和又和
出版人：王　旭
选题策划：后浪出版公司
出版统筹：吴兴元
责任编辑：徐　晶
特约编辑：陈怡萍
编辑统筹：尚　飞
出版发行：贵州出版集团　贵州人民出版社
地　址：贵阳市观山湖区会展东路SOHO办公区A座
邮　编：550081
装帧设计：一亩幻想
印　刷：天津联城印刷有限公司
开　本：787毫米×1092毫米 1/32
印　张：6.125　字　数：80千字
版次印次：2022年11月第1版　2022年11月第1次印刷
书　号：ISBN 978-7-221-17237-2
定　价：49.80元